태초에 빌런이
있었으니

작가 소개

김동식   부산 영도에서 어린 시절을 보냈다. 2006년 3월부터 2016년 12월까지 서울 성수동의 주물 공장에서 일했다. 2016년 5월부터 인터넷 커뮤니티에 단편소설을 올리기 시작했다. 1년 반 동안 쓴 글을 모아, 2017년 12월 '김동식 소설집' 시리즈 1~3권인 『회색 인간』『세상에서 가장 약한 요괴』『13일의 김남우』를 동시 출간하며 데뷔했다. 현재까지 여덟 권의 소설집과 다수의 앤솔 러지를 펴냈다. 카카오페이지에 <살인자의 정석 2>를 연재 중이다.

김선민   작가, 스토리디자이너. 판타지 장편소설 『퍼수꾼들』을 출간하며 데뷔했다. 괴담·호러 레이블 괴이학회의 운영자로 활동하며 '도시괴담 시리즈' '환상괴담 시리즈' 등 다양한 작품집을 기획하고 제작한다. 판타지·무협 장르 웹소설 작가 및 교육 강사로 활동 중이다. 현재 스토리디자 인스튜디오 코어스토리를 운영하고 있다.

장아미   글을 쓰면서 느낄 수 있는 '라이터스 하이writer's high'가 있다고 믿는다. 초능력과 마법, 주술 따위의 초현실적인 힘과 눈에 보이지 않는 동력원들에 관심이 많다. 잡지 기자로 일한 적이 있으며, 섬에 살면서 멈추지 않는 것들, 바람과 비, 안개와 바다에 대한 소설을 즐겨 쓰기 시작했 다. 조선시대 이름 없는 섬을 배경으로 한 사극 판타지 『오직 달님만이』를 발표했다. SF 미스터리 앤솔러지 『스프 미스터리』에 「불면의 밤은 끝나고」를, 테이스티 문학상 작품집 『7맛 7작』에 「비님 이여 오시어」를 수록한 바 있다. 봄봄, 름름, 고양이 두 마리의 비호를 받으며 작업 중이다.

정명섭   1973년 서울에서 태어났다. 대기업 샐러리맨을 거쳐 커피를 만드는 바리스타로 일하 다가, 글을 쓰게 되면서 현재는 전업 작가로 활동 중이다. 글은 남들이 보지 않는 곳을 비출 때 빛 이 난다고 믿는다. 2006년 『적패』를 시작으로 다양한 장르의 글을 쓰고 있다. 대표작으로는 『미 스 손탁』『남산골 두 기자』『한성 프리메이슨』『38년 왜란과 호란 사이』『수상한 바리스타와 사라 진 금괴』『스토리 답사 여행』『별세계 사건부』『조선의 엔터테이너』『직지를 찍는 아이, 아로』와 『모두가 사라질 때』(공저) 등이 있다. 2019년 원주 한 도시 한 책에 『미스 손탁』이 선정되었으며, 2016년 제21회 부산국제영화제에서 NEW크리에이터상을 수상했다.

차무진   소설가. 깊은 사유의 문장력을 담보하면서 독특한 미스터리적 설정으로 독자들을 매 료시킨다. 2010년 『김유신의 머리일까?』로 데뷔하였고, 『해인』『모크샤, 혹은 아이를 배신한 어 미 이야기』『인 더 백』과 『좀비 썰록』(공저) 등을 발표했다. 『인 더 백』은 2020년 판권이 계약되어 영상화가 진행될 예정이다. 『태초에 빌런이 있었으니』에 참여함과 동시에 『스토리 창작자를 위한 빌런 작법서』도 내놓았다.

김동식
김선민
장아미
정명섭
차무진

태초에 빌런이 있었으니

히든 히어로
앤솔러지

요다

차례

서미의 협조

김동서

1126회

가족, 연인, 친구 들의 웃음이 끊이질 않는 놀이공원. 아무도 발견하지 못한 하늘의 검은 점이 지면과 급속도로 가까워진다. 이윽고 어느 중년 부부의 눈앞에, 그가 떨어져 내렸다.

'쿵!'

한쪽 무릎을 꿇은 자세로 착지해 땅에 금을 낸 사내의 모습은 오색찬란한 놀이공원과 대비되는 올블랙의 슈트 차림이다.

깜짝 놀란 사람들의 시선이 그에게 몰릴 때, 고개를 든 사내가 눈앞의 중년 남성을 향해 손을 뻗었다. 뭔가 반응할 틈도 없이, 그의 손에서 나간 레이저가 중년 남성의 머리통을 날려버렸다.

"꺄아아악!"

중년 남성의 몸이 바닥으로 채 넘어지기도 전에, 빠르게 다가온 사내가 그의 다이아몬드 목걸이를 뜯어 챙겼다.

이 끔찍한 광경을 목격한 사람들이 비명을 지르건 말건, 사내는 날아오르듯 점프하여 놀이공원의 다른 구역으로 이동했다. 한 꼬마 아이가 앉아 있는 벤치 앞이다.

'쿵!'

풍선을 들고 아빠를 기다리던 아이가 놀라 커진 눈으로 사내를 본 그 순간, 사내가 거칠게 손을 뻗어 아이의 뒷덜미를 낚아챘다.

"아악! 아빠아!"

한 손에 아이를 둘러업은 사내가 근처 시계탑을 향해 돌진했고, 양손에 아이스크림을 들고 오던 아이의 아빠가 그 광경을 보고는 황급히 달렸다.

"진우야! 뭐야?"

아빠가 그 앞을 제대로 막아서기도 전에 사내
가 손을 뻗어 레이저를 쏘아 그의 머리를 날려버
렸다.

"아빠아! 아악!"

순식간에 벌어진 일에 아이가 경기를 일으켰
지만, 사내는 개의치 않고 시계탑의 외벽을 뛰어올
랐다. 순식간에 꼭대기까지 도달한 사내는 시계탑
의 둥근 시계판을 통째로 뜯어냈다. 그 순간, 엄청
나게 뜨거운 증기가 확 뿜어져 나왔다. 슈트를 입
은 사내는 괜찮았지만, 아이의 피부는 시뻘겋게 달
아올랐다.

"악 뜨거!"

사내는 아랑곳없이 펄펄 끓는 시계탑 내부로
몸을 날렸고, 그 와중에 사내가 내동댕이친 커다란
시계판이 땅으로 떨어져 사람들을 깔아뭉갰다.

"끄아아아악!"

시계판에 깔린 이들 중 비명이나마 지를 수 있던 사람은 한 명에 불과했다. 그 처참한 광경을 본 사람들은 소리를 지르며 도망쳤고, 주말 오후의 평화롭던 놀이공원은 거대한 공황 속 달리기 시합장으로 변했다.

시계탑 안의 풍경도 그리 좋진 않았다. 용광로보다 더한 열기로 가득 찬 시계탑 안에는 4미터는 됨직한 피라미드형 기계장치가 허공에 떠있었다. 빨갛게 달아오른 장치는 제자리에서 회전 중이었는데, 회전축이 된 둥근 입구가 제물을 바라는 것처럼 정면을 향해 입을 벌리고 있었다. 사내는 그 입구로 아이를 밀어넣었다.

"악! 뜨거워! 뜨거워요! 뜨겁다고요!"

아이가 발광하며 벗어나려 하자, 사내가 아이의 왼손 손가락을 모조리 분질러 버렸다.

"아아악! 으아아아악!"

비명을 지르는 아이의 턱뼈를 부서져라 쥐어뜯은 사내는 아이의 코앞에 얼굴을 바짝 맞대고 경고했다.

"네 엄마, 네 동생, 네 가족 모두가 죽는 꼴을 보고 싶지 않으면 들어가."

아이의 대답을 기다릴 생각도 없는 듯, 사내는 곧장 아이의 몸을 기계장치 입구로 쑤셔넣었다.

"으아악!"

순식간에 아이의 옷이 타오르고 피부가 갈려나갔지만, 사내는 눈 하나 깜짝 않고 콜라병에 삶은 달걀을 밀어넣듯 눌러 밀었다.

이윽고 아이의 몸이 모두 기계장치 안으로 들어갔다. 5초 뒤 기계장치는 더욱 강력한 고열을 발하며 새하얗게 달아올랐다. 그 열기에 사내의 특수 슈트마저 녹아내릴 정도였다. 인상을 찌푸린 사내는 '딱!' 하고 손가락을 튕겼고, 그곳에서 사라졌다.

동시에, 대폭발이 일어났다.

949회

가족, 연인, 친구 들의 웃음이 끊이질 않는 놀이공원. 아무도 발견하지 못한 하늘의 검은 점이 지면과 급속도로 가까워진다. 이윽고 어느 중년 부부의 눈앞에, 그가 떨어져 내렸다.

'쿵!'

한쪽 무릎을 꿇은 자세로 착지해 땅에 금을 낸 사내의 모습은 오색찬란한 놀이공원과 대비되는 올블랙의 슈트 차림이다.

깜짝 놀란 사람들의 시선이 그에게 몰릴 때, 고개를 든 사내가 눈앞의 중년 남성을 향해 손을 뻗으며 말했다.

"다이아몬드 목걸이."

중년 남성이 너무 놀라 반응 없이 서있자, 그에게로 향한 사내의 손에 빛이 모였다.

"아니, 됐어."

순식간에 발사된 레이저가 사내의 머리통을 날려버렸다.

"꺄아아악!"

중년 남성의 몸이 바닥으로 채 넘어지기도 전에, 빠르게 다가온 사내가 그의 다이아몬드 목걸이를 뜯어 챙겼다.

이 끔찍한 광경을 목격한 사람들이 비명을 지르건 말건, 사내는 날아오르듯 점프하여 놀이공원의 다른 구역으로 이동했다. 한 꼬마 아이가 앉아

있는 벤치 앞이다.

'쿵!'

풍선을 들고 아빠를 기다리던 아이가 놀라 커진 눈으로 사내를 본 그 순간, 사내가 거칠게 손을 뻗어 아이의 뒷덜미를 낚아챘다.

"아악! 아빠아!"

한 손에 아이를 둘러업은 사내가 근처 시계탑을 향해 돌진했고, 양손에 아이스크림을 들고 오던 아이의 아빠가 그 광경을 보고는 황급히 달렸다.

"진우야! 뭐야?"

그가 사내를 막아서려 하자, 사내는 귀찮다는 듯 손을 내저었다.

"비켜!"

"진우야!"

아빠가 사내의 앞을 막아서자, 사내는 아빠를 매몰차게 걷어차 버렸다.

"커헉!"
"아빠아!"

트럭에 치인 것처럼 멀리 나가떨어진 아빠는 허리가 기괴한 각도로 꺾인 채 움직이지 않았다.

아이의 시선이 아빠를 좇을 새도 없이, 사내가 시계탑의 외벽을 달리듯 뛰어올랐다. 순식간에 꼭대기까지 도달한 사내는 시계탑의 둥근 시계판을 통째로 뜯어냈다. 그 순간, 엄청나게 뜨거운 증기가 확 뿜어져 나왔다. 슈트를 입은 사내는 괜찮았지만, 아이의 피부는 시뻘겋게 달아올랐다.

"악 뜨거!"

사내는 아랑곳없이 펄펄 끓는 시계탑 내부로

몸을 날렸고, 직전에 멀리 날려버린 커다란 시계판
이 다른 건물에 박히며 붕괴를 일으켰다.

"꺄아아악!"

사람들은 비명을 지르며 도망쳤고, 주말 오후
의 평화롭던 놀이공원은 거대한 공황 속 달리기
시합장으로 변했다.

시계탑 안의 풍경도 그리 좋진 않았다. 용광로
보다 더한 열기로 가득 찬 시계탑 안에는 4미터는
됨직한 피라미드형 기계장치가 허공에 떠있었다.
빨갛게 달아오른 장치는 제자리에서 회전 중이었
는데, 회전축이 된 둥근 입구가 제물을 바라는 것
처럼 정면을 향해 입을 벌리고 있었다. 사내는 그
입구로 아이를 밀어넣었다.

"악! 뜨거워! 뜨거워요! 뜨겁다고요!"
"참아!"

아이가 발광하며 벗어나려 하자, 사내는 아이의 뺨을 휘갈겼다.

"악!"
"들어가라고!"

비명을 내지르는 아이의 얼굴에 이마를 부딪듯 다가온 사내가 이를 갈며 말했다.

"지금 내 손에 죽기 싫으면 들어가!"

아이의 대답을 기다릴 생각도 없는 듯, 사내는 곧장 아이의 몸을 기계장치 입구로 쑤셔넣었다.

"으아악! 뜨거!"

순식간에 아이의 옷이 타오르고 피부가 갈려 나갔지만, 사내는 눈 하나 깜짝 않고 콜라병에 삶은 달걀을 밀어 넣듯 눌러 밀었다.
이윽고, 꼬마의 몸이 모두 기계장치 안으로 들

어갔다. 3초 뒤, 기계장치는 더욱 강력한 고열을 발하며 새하얗게 달아올랐다. 그 열기에 사내의 특수 슈트마저 녹아내릴 정도였다. 인상을 찌푸린 사내는 '딱!' 하고 손가락을 튕겼고, 그곳에서 사라졌다.

동시에, 대폭발이 일어났다.

404회

가족, 연인, 친구 들의 웃음이 끊이질 않는 놀이공원. 아무도 발견하지 못한 하늘의 검은 점이 지면과 급속도로 가까워진다. 이윽고 어느 중년 부부의 눈앞에, 그가 떨어져 내렸다.

'쿵!'

한쪽 무릎을 꿇은 자세로 착지해 땅에 금을 낸 사내의 모습은 오색찬란한 놀이공원과 대비되는 올블랙의 슈트 차림이다.

깜짝 놀란 사람들의 시선이 그에게 몰릴 때, 고개를 든 사내가 눈앞의 중년 남성을 향해 손을 뻗으며 다급하게 말했다.

"다이아몬드 목걸이가 필요합니다! 어서!"
"뭐, 뭐?"

놀란 중년 남성이 뒤로 주춤거리자, 사내가 달려들어 거칠게 손을 뻗었다. 중년 남성은 가슴을 파고드는 듯한 사내의 손길에 비명을 내질렀다.

"아악!"

사내는 목걸이를 잡아 거칠게 뜯어버렸고, 목줄이 끊어지며 쓰러진 중년 남성의 목에서부터 가슴까지 피가 솟구쳤다.

"아아악!"
"여, 여보!"

이 끔찍한 광경을 목격한 사람들이 비명을 지르건 말건, 사내는 날아오르듯 점프하여 놀이공원의 다른 구역으로 이동했다. 한 꼬마 아이가 앉아 있는 벤치 앞이다.

'쿵!'

풍선을 들고 아빠를 기다리던 아이가 놀라 커진 눈으로 사내를 본 그 순간, 사내가 아이의 뒷덜미로 손을 뻗었다.

"같이 가자!"
"어어어어, 아악! 아빠! 아빠아!"

비명을 내지르는 아이를 옆구리에 낀 사내가 근처 시계탑을 향해 돌진했고, 양손에 아이스크림을 들고 오던 아빠가 그 광경을 보고는 황급히 달렸다.

"진우야! 뭐야?"

그가 사내를 막아서려 하자, 사내는 다급한 목소리로 외치며 피했다.

"미안합니다!"
"진우야! 진우야!"

끈질기게 달려든 아빠가 몸을 날려 사내의 다리를 붙잡자, 사내는 인상을 찌푸리며 거칠게 털어냈다.

"악!"
"아빠!"

나뒹구는 아빠를 향해 아이가 손을 뻗었지만, 사내는 옆구리에 낀 아이를 다시 추스르고 황급히 시계탑을 뛰어올랐다. 순식간에 꼭대기까지 도달한 사내는 옆구리에 낀 아이를 뒤로 숨긴 뒤, 한 손으로 시계탑의 둥근 시계판을 통째로 뜯어냈다. 그 순간, 엄청나게 뜨거운 증기가 확 뿜어져 나왔다.

"앗 뜨거!"

발끝에 증기를 맞은 아이가 뜨거워 버둥거리는 걸 단단히 붙잡은 사내는 아래를 향해 크게 소리 질렀다.

"피해!"

사내가 날린 커다란 시계판이 다른 건물에 박히며 붕괴를 일으켰다.

"꺄아아악!"

사람들은 비명을 지르며 도망쳤고, 주말 오후의 평화롭던 놀이공원은 거대한 공황 속 달리기 시합장으로 변했다.

사내가 들어선 시계탑 내부의 풍경도 그리 좋진 않았다. 용광로보다 더한 열기로 가득 찬 시계탑 안에는 4미터는 됨직한 피라미드형 기계장치가 허공에 떠있었다. 빨갛게 달아오른 장치는 제자리에서 회전 중이었는데, 회전축이 된 둥근 입구가 제물을 바라는 것처럼 정면을 향해 입을 벌리고 있었다. 사내는 그 입구에서 아이에게 외쳤다.

"어서 들어가!"
"무서워요!"
"어쩔 수 없어!"

인상을 찌푸린 사내가 꼬마를 들어 올려 강제로 구멍에 넣었다.

"뜨거워! 뜨거워!"
"어서! 빨리!"

구멍에 닿은 아이의 옷이 타오르고 피부가 갈려 나갔다. 괴로운 얼굴로 아이를 계속 밀어넣던 사내의 입에서 욕설이 터져 나왔다. 기계장치가 강력한 고열을 발하며 새하얗게 달아올랐다. 사내는 '딱!' 하고 손가락을 튕겼고, 그곳에서 사라졌다.

동시에, 대폭발이 일어났다.

8회

가족, 연인, 친구 들의 웃음이 끊이질 않는 놀이공원. 아무도 발견하지 못한 하늘의 검은 점이 지면과 급속도로 가까워진다. 이윽고 어느 중년 부부의 눈앞에, 그가 떨어져 내렸다.

'쿵!'

한쪽 무릎을 꿇은 자세로 착지해 땅에 금을 낸 사내의 모습은 오색찬란한 놀이공원과 대비되는 올블랙의 슈트 차림이다.

깜짝 놀란 사람들의 시선이 그에게 몰릴 때, 고개를 든 사내가 눈앞의 중년 남성을 향해 손을 뻗으며 다급하게 말했다.

"선생님! 선생님의 그 다이아몬드 목걸이가

필요합니다!"

"뭐, 뭐?"

놀란 중년 남성이 뒤로 주춤거리자, 사내가 다급히 그에게로 다가가 손을 내밀었다.

"시간이 1분밖에 없습니다! 그 목걸이를 주십 시오!"

그러나 중년 남성은 더 뒤로 물러나며 가슴팍 의 목걸이를 꽉 쥐었다.

"이, 이게 얼마짜린데! 갑자기 그러면 뭘 어쩌 라고!"

"이럴 시간이 없습니다! 다이아몬드가 필요 해요!"

"나 말고 다른 사람 거 써!"

지체할 수 없던 사내는 결국 강제로 중년 남 성을 덮쳤다.

"죄송합니다!"

"악! 아퍼! 왜 이래!"

중년 남성의 가슴팍에서 목걸이를 억지로 빼앗은 사내가 급히 점프했다.

"내 목걸이!"

중년 남성이 손을 뻗었지만, 이미 사내가 시계탑 근처 벤치 앞에 착륙한 뒤였다.

'쿵!'

풍선을 들고 아빠를 기다리던 아이가 놀라 커진 눈으로 사내를 본 그 순간, 사내가 황급히 아이에게로 다가갔다.

"꼬마야! 네 도움이 필요해!"

"네, 네?"

"가면서 설명할게!"

"엇!"

사내가 아이를 가슴에 안고 달렸다.

"악! 놔요! 아빠아!"

아이는 버둥거리며 사내의 얼굴을 밀쳐댔다.

"윽! 꼬마야! 이럴 시간이 없어!"

그 순간, 멀리서 양손에 아이스크림을 들고 오던 아빠가 황급히 달렸다.

"진우야! 뭐야?"

그가 사내를 막아서려 하자, 사내는 다급한 목소리로 사정했다.

"선생님! 지금 설명할 시간이 없습니다! 이 아이의 손에 인류의 목숨이 걸려있습니다!"

"당신 미쳤어? 진우야!"
"선생님 제발!"
"왜 우리 애냐고! 놔! 놔!"

아빠가 달려들자, 이를 악문 사내가 옆으로 멀찍이 비켜 뛰었다.

"죄송합니다!"
"어엇!"
"아빠!"

사내가 그를 지나치자, 아빠가 소리 질렀다.

"저 새끼가 우리 애를 납치한다! 도와주세요! 도와주세요!"

사내는 어정쩡하게 자신을 막아선 사람들을 모두 피하곤 빠르게 시계탑을 뛰어올랐다. 꼭대기에 도달한 그는 아이를 뒤로 돌려 숨겼다.

"뜨거우니까 조심해!"

그가 한 손으로 둥근 시계판을 통째로 뜯어낸 순간, 엄청나게 뜨거운 증기가 확 뿜어져 나왔다. 아이가 열기에 버둥거릴 때, 사내는 아래를 돌아보며 사람들에게 경고했다.

"조심하십시오! 던집니다!"

사내가 날린 커다란 시계판이 다른 건물에 박히며 붕괴를 일으켰다.

"꺄아아악!"

사람들은 비명을 지르며 도망쳤고, 주말 오후의 평화롭던 놀이공원은 거대한 공황 속 달리기 시합장으로 변했다.

사내는 시계탑 안으로 들어서자마자 아이에게 다이아몬드를 건넸다.

"꼬마야! 이 다이아몬드를 저 안의 홈에 끼워 야 해! 레이저가 나오는 홈이 있어!"

"더워요! 아니, 뜨거워요!"

"시간이 없어! 어서! 이 지구가 폭발하기 전 에! 구멍이 너무 작아서 너만 할 수 있어!"

"아빠아! 뜨거워! 아빠아!"

우는 아이를 설득하려던 사내의 얼굴이 딱딱 하게 굳었다. 기계장치가 강력한 고열을 발하며 새 하얗게 달아올랐다.

"아! 안 돼…!"

얼굴이 일그러진 사내는 '딱!' 하고 손가락을 튕겼고, 그곳에서 사라졌다.

동시에, 대폭발이 일어났다.

✸

대폭발 직전

놀이공원 상공을 돌아다니는 비행선 안, 두 사내가 대립하고 있다.

"흐흐흐흐. 너무 늦었다, 블랙 코스모스. 지구는 끝장이다. 네놈이 구할 시간은 없다."

"과연 그럴까?"

올블랙의 히어로, '블랙 코스모스'에게는 시간을 되돌리는 초능력이 숨겨져 있었다.

그는 지구를 파괴하려는 빌런 '닥터 초'의 자백을 겨우 받아냈지만, 닥터 초의 말대로 너무 늦었다. 그가 되돌릴 수 있는 시간은 대폭발 1분 전에 불과했고, 폭발을 막는 방법도 불가능에 가까웠다.

대폭발 장치의 폭발구를 통해 내부로 침입한 후, 레이저 발생기의 홈에 다이아몬드를 끼워 파장을 여러 갈래로 흩어지게 만드는 게 유일한 방법이었다.

그러기 위해선 1분이 끝나기 전에 놀이공원에 도착해야 했고, 다이아몬드를 구해야 했고, 폭발구로 들어갈 수 있는 작은 아이에게 도움을 청해야 했다.

그 실낱같은 가능성에 매달릴 수밖에 없었던 블랙 코스모스는, 시간을 되돌리자마자 비행선 밖으로 몸을 던졌다.

그렇게 1회차가 시작됐다.

'쿵!'

"시민 여러분! 블랙 코스모스입니다! 혹시 다이아몬드 반지나 장신구를 착용하신 분 계십니까? 지구를 구하기 위해선 시민 여러분의 도움이 필요합니다!"

1894회

"드디어…!"

시계탑 속, 피라미드형 기계장치의 회전이 천천히 멎어갔다. 기계장치 안에서 들려오던 아이의 비명도 멈췄다. 사내는 힘없이 주저앉아 기계장치가 낙하하는 모습을 바라보았다.

검은 마스크를 벗은 사내는 고개를 떨구었다. 가장 친절한 영웅이라고 불리던 블랙 코스모스. 은퇴의 순간이었다.

[속보입니다! 슈퍼히어로 블랙 코스모스가 저지른 끔찍한 테러로 놀이공원이 마비됐습니다! 믿을 수 없지만, 놀이공원 CCTV를 통해 확보된 그의 모습은 사람들을 충격에 빠뜨렸습니다. 다이아몬드 목걸이 강탈을 위해 무고한 시민을 죽이고, 어린아이를 납치했습니다! 또한 아이가 보는 앞에서 아

이 아빠의 머리를 무참히 날려버렸습니다. 납치한
아이의 최후도 말로 형용할 수 없을 정도입니다. 정
말 제가 다 눈물이 날 지경인데요. 새로운 빌런의
탄생일까요? 아니면 무슨 사정이 있었던 걸까요?
어떠한 사정이 있었더라도, 그 끔찍한 일을 저지르
던 블랙 코스모스의 차갑고, 기계적인 표정을 시민
들이 잊을 수 있을는지는 모르겠습니다….]

붉은 주석함서

김천민

[불합격]

우식은 방금 들어온 면접자의 서류에 불합격 도장을 찍었다. 그가 앞에 앉아있는 인턴에게 물었다.

"끝인가?"

인턴이 명단을 보더니 고개를 끄덕였다.

"예. 차장님."

우식은 표정 변화 없이 인턴에게 말했다.

"정리는 내가 할 테니 먼저 가봐."

인턴은 우식에게 인사를 하고 방에서 나갔다. 두터운 콘크리트로 사방이 막힌 면접실에 그 혼자만 남게 됐다. 책상 한쪽에는 합격자의 서류가, 다른 한쪽에는 불합격자의 서류가 쌓여있었다.

'열 명 정도인가?'

이번 공채에 수천 명이 지원했는데 겨우 열 명만 최종 합격선에 들었다. 예전 같으면 최종 면접 전까지 적어도 오십 명은 남았어야 했다. 이전보다 합격 커트라인이 높아진 것인지, 지원자들의 질이 떨어진 것인지 분간하기 어려웠다.

우식은 수백 장의 불합격 면접 서류를 들고 뒤에 놓인 세절기로 다가갔다. 그는 종이를 세절기에 넣고 한 장, 한 장 꼼꼼하게 처리했다. 회사 방침상 보안은 필수였다. 불합격 서류가 거의 처리됐을 때 누군가 방 안에 들어왔다.

"차장님. 다 되셨어요?"

인사부 한 과장이었다. 우식은 세절기의 전원을 끄고 책상 위에 따로 정리해둔 합격자 서류 파일을 한 과장에게 건넸다. 한 과장은 우식이 건넨 파일의 서류들을 확인하고 고개를 끄덕였다.

"역시 김 차장님은 일 처리가 깔끔하시다니까요."

그가 만족스러운 듯 씨익 웃었다. 그러면서 손으로 술잔을 꺾는 제스처를 취했다.

"차장님, 오늘 5차 면접도 끝났는데 한잔 어떠세요?"

그러자 우식이 고개를 저었다.

"오늘은 선약이 있어."

그 말에 한 과장이 알 만하다는 듯한 표정을 지으며 고개를 끄덕였다.

"하여간. 바른생활맨이시라니까."

특별한 날이 아니고서는 항상 집에 일찍 들어가 가사를 돕는 우식이었다. 한 과장 역시 우식이

빌린 주식회사 김서민

거절할 것을 알면서도 물어본 것이다. 일은 잘하지만 과묵하고 감정이라고는 찾아볼 수 없는 우식과 어색하게 마주 앉아 술을 마실 생각은 없었다.

한 과장에게 서류를 넘기고 우식은 닳고 닳은 서류 가방을 한 손에 든 뒤 방에서 나왔다. 5차 면접부터는 본사 건물 지하에서 진행되었다.

가끔 면접 중에 지원자가 무의식적으로 능력을 발휘해서 사고로 이어지는 경우가 있었기 때문에 안전 설비가 갖춰진 특수 면접실이 필요했다. 다행히 이번에는 특별한 사고 없이 면접이 끝났다.

5차 면접 합격자들은 더욱 세밀하고 다양한 테스트를 거쳐 최종 면접까지 합격해야 공식적인 '빌런'으로 활동할 수 있다.

우식은 단단하고 좁은 콘크리트 복도를 지났다. 곳곳에 두터운 철문으로 막힌 방들이 보였다. 보안이 철저한 탓에 정해진 곳이 아니면 들어갈 수가 없었다.

우식은 복도 끝에 위치한 엘리베이터 앞에 섰다. 그가 벽에 붙어있는 센서 위에 손바닥을 올리자 엘리베이터가 작동했다. 그는 고속 엘리베이터를 타고 순식간에 지하 1킬로미터 아래에서 지상으로 올라왔다. 회사에서도 특정 보안 등급을 받은 한정된 부서의 인원만 이용할 수 있는 지하 엘리베이터. 그것을 탈 수 있다는 것 자체가 특별한 일이었다.

우식은 엘리베이터에서 내려 보안 구역을 빠져나왔다. 회사 로비는 퇴근을 위해 밖으로 나가는 직원들로 가득 차있었다. 그는 회사 카페테리아로 가서 커피를 한 잔 주문했다.

"ID 카드를 대주세요."

우식은 가방을 뒤져서 ID 카드를 찾았다. 지하에서는 ID 카드를 쓸 일이 없으니 매번 까먹고는 했다. 그는 커피를 받아 들고 애용하는 구석 자리로 갔다. 김이 모락모락 피어나는 아메리카노를 테이블에 올려놓은 뒤 주머니에서 휴대전화를 꺼내 전원을 켰다. 화면이 켜지면서 메시지들이 떴다.

대부분 대출 상담을 받으라는 문자였다. 그러던 중 우식은 한 문자에 눈길이 멈추었다.

[히어로 라이선스 심사 결과를 히어로협회정보시스템에서 확인하시기 바랍니다.]

순간 우식의 심장이 크게 뛰기 시작했다. 그는 우선 심호흡을 했다. 가방에서 천천히 노트북을 꺼내 전원을 켰다. 오늘따라 전원 들어오는 속도가 느렸다. 그는 인터넷을 켜고 히어로협회 사이트에 접속했다. 2046년도 하반기 히어로 라이선스 심사 결과 공고 링크를 타고 들어갔다. 그리고는 자신의 접수 번호를 넣었다.

[조회 중입니다.]

우식의 심장이 터질 듯이 뛰었다. 화면이 바뀌었다.

[접수번호 8-35839-451 김우식 님. 히어로 라이선스 심사에 합격하셨습니다.]

그는 화면을 몇 번이고 다시 보았다. 혹시 몰라서 사이트를 끄고 다시 들어가서 접수 번호를 넣어보았다. 결과는 같았다. 히어로 라이선스를 취득한 것이었다. 우식은 노트북을 다시 가방에 넣었다. 그는 반절도 넘게 남은 커피를 버리고 회사를 나섰다.

회사 바로 앞에 있는 지하철역으로 들어가 지하철을 기다렸다. 우식은 사람들 사이를 비집고 열차에 올라 구석에 자리를 잡았다. 적어도 여기서 40분은 버텨야 했다.

사람이 너무 많아 휴대전화조차 꺼내기 힘들었다. 그때였다. 지하철 내에 설치된 LED 화면에서 광고가 흘러나왔다. 초절정 인기 히어로인 도깨비맨과 타이거맨의 VOD 시리즈를 묶음으로 40퍼센트 할인해서 판매한다는 내용이었다.

VOD 패키지 사진이 지나가고 타이거맨의 활약이 담긴 하이라이트 영상이 이어졌다. 우식의 시선이 화면에 꽂혔다. 강화 슈트를 입은 호랑이의 모습을 한 반인반수 히어로가 포효하며 빌런을 향해 소리치고 있었다. 반인반수 빌런인 파이어폭스였다.

'2043년 4월 16일 15시 23분. 강남역 사거리 파이어폭스 데뷔 스테이지군.'

지금은 유명 빌런이지만 3년 전 이맘때까지만 해도 아무도 모르는 '듣보잡' 빌런이었다. 파이어폭스만으로는 약하다는 홍보팀의 의견으로 중견 빌런인 블랙울프를 뒤에 등장시키기로 했었다.

콰아아아아!

하이라이트 영상에서도 블랙울프를 발로 짓밟는 타이거맨을 향해 파이어폭스가 불을 내뿜는 장면이 나왔다. 덕분에 블랙울프는 무사히 타이거맨에게서 도망칠 수 있었다. 두 빌런은 합심해 타이거맨에게서 도망쳤다. 현재 블랙울프는 은퇴했고 파이어폭스는 빌런 차트 20위권 안에 들 정도로 인지도를 높였다.

야수형 히어로와 야수형 빌런의 싸움은 언제나 인기가 높았기 때문에 회사에서 특채로 데려오는 경우도 종종 있었다. 다만 야수형 초인의 경우에는 폭주의 위험이 있어서 회사 차원에서 꼼꼼한 관리가 필요했다. 히어로든 빌런이든 마찬가지였다. 그런 의미에서 파이어폭스는 상당히 관리가 쉬운 야수형 초인 중 하나였다.

'꽤나 저자세인 사람이었지.'

야수형 초인답지 않게 특채 면접 보는 내내 말을 심하게 더듬었다. 초인 각성 시기가 늦어서 삼십 대가 넘어서야 히어로 고시를 준비했고, 삼수 끝에 라이선스를 땄다고 했다. 하지만 히어로협회 쪽에서는 관리가 어려운 야수형 초인을 그다지 선호하지 않는다. 타이거맨은 거의 초창기 초인 멤버였기에 통일한국 초반 혼란스러운 시기에 북한 난민 범죄자 소탕 작전에 동원되면서 공적을 인정받아 자연스럽게 히어로가 된 경우였다.

타이거맨 이후로는 굵직한 야수형 초인을 찾아보기가 힘들다. 대부분 초능력자나 육체 강화형 능력자, 혹은 돈 많은 메카닉 히어로를 선호했다. 덕분에 야수형 초인 대부분은 빌런 회사로 흘러들어왔다. 우식의 회사에도 야수형 초인들만 백여 명 넘게 소속되어 있었다.

'빌런은 아무래도 야수형이 직관적이지. 화면 발도 잘 받고.'

관리가 까다롭다는 점만 제외하고는 중간 이상의 성적을 내는 이들이 야수형 빌런이었다. 그런

면에서 파이어폭스는 괜찮은 빌런이었다. 스케줄 관리도 잘 되고, 식성도 까다롭지 않았다. 무엇보다 늑대 변신자와 달리 보름달에 영향을 받지 않아 따로 보안 구역에 구금하지 않아도 되는 것이 좋았다. 강화형 능력자 정도까지는 아니었지만 신체 능력도 훌륭한 편이었다.

이 정도면 히어로로서 충분한 자격이 될 법도 한데 야수형 초인들에 대한 편견 때문인지 히어로 회사에 취업이 잘 안 되는 듯했다. 한 곳에서 활동하긴 했지만 활동 기간 자체가 길지 않아 무의미했다. 파이어폭스 역시 몇 번의 실패 끝에 우식의 회사로 들어온 것이었다.

그런데 빌런으로서는 야성이 약하다는 점 때문에 오히려 떨어질 뻔했다. 하지만 파이어폭스의 인성을 눈여겨본 우식이 부장을 설득했고, 파이어폭스는 다행히 빌런 회사와 계약할 수 있었다.

부족한 야성을 보충하기 위해 '불'을 내뿜는

콘셉트를 추가하자는 것 역시 우식의 아이디어였다. 회사 마케팅팀에서 우식의 아이디어를 적극 차용해 꼬리에 화염방사기를 달았는데 이게 아주 잘 먹혔다. 덕분에 파이어폭스는 계속 승승장구하고 있었다. 추후에 이 사실을 알게 된 파이어폭스는 우식에게 따로 식사 대접을 하며 감사를 표했다.

'40퍼센트 할인이라. 싸긴 싸군.'

우식은 이미 타이거맨 관련 VOD를 전부 소유하고 있었기 때문에 굳이 패키지를 구매할 필요가 없었다. 타이거맨뿐만 아니라 유명 히어로 관련 영상은 대부분 가지고 있었다. 그가 초인으로 각성했을 때부터 습관적으로 모으던 것이었다.

[다음 역은 XX. XX역입니다.]

환승역이었다. 우식은 지하철을 두 번이나 더 갈아탄 뒤에야 사는 동네에 내릴 수 있었다. 분양을 받은 아파트가 아직 입주 전이라서 내년까지는 이곳에서 출퇴근을 해야 했다. 둘째가 태어난 뒤로는 아내가 직장을 그만두고 육아를 전담하고 있었기에 우식만 참으면 특별한 문제는 없었다. 면접 때문에 집에는 3일 만이었다.

"나 왔어."

현관문에 들어서자마자 첫째 딸이 우식의 목에 매달렸다.

"아빠!"

우식은 딸을 안아 들었다. 아내가 갓난아이인 둘째를 안고 거실로 나왔다.

"밥은?"

아내의 물음에 우식은 먹었다고 대답했다. 비록 커피밖에 먹은 것이 없었지만 그다지 밥 생각이 없었다. 아내는 한숨을 쉬며 말했다.

법률주식회사 김신민

"쟤 좀 당신이 어떻게 해봐. 뭔 말을 하는지 나는 하나도 모르겠어."

우식은 고개를 끄덕였다. 화장실에 들어가서 씻고 나오자 딸이 그의 손을 잡고 방 안으로 들어 갔다. 결혼 초에는 우식이 서재로 쓰던 방이었지만 지금은 온갖 잡동사니들이 쌓여있는 창고 같았다.

"아빠! 아빠 이거 봐봐!"

이제 일곱 살이 된 딸은 히어로들을 좋아했다. 우식이 모아놓은 히어로 관련 VOD를 조금씩 보더 니 어느새 모든 히어로의 이름과 능력, 심지어 사 소한 정보까지도 줄줄 읊을 정도가 됐다. 요즘 딸 이 빠져있는 히어로는 아이언퀸이었다. 전투 시 온 몸이 금속으로 변하는 능력을 가진 초인이었다. 딸 은 잡지에서 오린 아이언퀸 사진을 들고 말을 쏟 아냈다.

"아이언퀸이 변신을 해서 금속이 될 때, 그 금

속의 경도가 다이아몬드보다 100배는 더 강하대.
그리고 그런 경도의 금속이 형상합금처럼 자유자
재로 모습을 바꿀 수도 있는데⋯."

딸은 쉴 새 없이 한 시간 동안 아이언퀸에 대
한 정보를 쏟아냈다. 그중에는 우식이 모르는 내
용이 훨씬 많았다. 그가 관심 있는 히어로는 대부
분 야수형 초인에 특화되어 있었고, 일단 여성 히
어로 자체에 관심이 별로 없었기 때문이었다.

애초에 여성 히어로가 히어로로서 미디어에
제대로 등장한 지도 얼마 되지 않았다. 초기에는 대
부분 남성 히어로의 사이드킥 정도였다. 그마저도
섹스어필이 주요 목적이었기 때문에 능력보다는
외모가 더 중요했다. 실제로 여성 히어로의 경우 연
예계 등용문이라고 불릴 만큼 연예계 쪽에서 러브
콜이 많았다. 하지만 점차 여성 초인에 대한 관심이
높아졌고 현재는 인기 히어로 상위권에 여성 히어
로의 비중이 전보다 높아졌다. 남성 히어로를 돋보
이게 하는 역할이 아닌 실력으로 히어로의 가치를

인정받은 것이다.

우식의 딸이 좋아하는 아이언퀸 역시 그런 여성 히어로 중 하나였다. 금속 변환 신체 능력을 가진 남성 히어로는 종종 있었지만 그다지 미디어의 시선을 끌지 못했다. 하지만 그런 능력을 지닌 여성 초인은 아이언퀸이 처음이었다. 전신에 금속을 두른 여성 히어로가 직접 전투에 뛰어들어 거친 빌런들을 물리치는 모습은 대중들에게 카타르시스를 느끼게 했다.

한참 아이언퀸에 대해 설명하던 딸은 갑자기 입을 쭉 내밀고 볼을 부풀렸다. 뭔가 마음에 안 드는 부분이 있다는 표시였다.

"지아야, 왜 그래?"

지아는 아이언퀸 사진을 뚫어지게 보면서 말했다.

"능력으로만 따지면 아이언퀸이 1티어에 들어가는 게 맞는데 여자라서 2티어에 머무르고 있어. 짜증 나."

티어는 히어로나 빌런을 구분하는 등급이었다. 협회에서는 매달 각 히어로들의 활약과 능력치, 인지도 등을 감안해서 티어를 구분하고 인기 차트를 공표한다. 티어가 높고 대중적 인기가 많은 히어로는 엄청난 부가가치를 지닌다. 광고는 물론, TV 프로그램, 활동 영상 수익 등등 천문학적인 돈이 오간다.

아이언퀸의 경우에는 그 활약상이 1티어의 히어로들에 비해 모자라지 않은데 작년부터 쭉 2티어에 머무르고 있었다. 팬들의 항의에도 협회 측에서는 별다른 해명이 없었다. 아이언퀸의 팬인 딸은 그 부분이 마음에 들지 않은 모양이었다. 우식은 딸을 달래면서 더 격하게 쏟아지는 폭풍 같은 정보들을 귀담아 들어주었다.

딸은 한 시간을 더 떠들더니 제풀에 지쳐 우식의 품 안에서 꾸벅꾸벅 졸았다. 그는 안방으로 데려가 딸을 자리에 눕혔다. 둘째 아들도 잠이 들어 부부는 잠시나마 육아에서 해방될 수 있었다.

"맥주 한잔할까?"

우식은 아이들이 깨지 않게 냉장고에서 조심스럽게 맥주를 꺼냈다. 그는 쥐포와 오징어를 냉동실에서 꺼낸 뒤 가스불에 구웠다. 다진 청양고추와 간장을 넣은 마요네즈 소스도 잊지 않았다. 두 사람은 식탁에 나란히 앉아 맥주를 땄다. 아내는 시원한 맥주를 벌컥벌컥 들이켰다.

"크으."

잘 구워진 쥐포 조각을 마요네즈 소스에 푹 찍어서 입에 넣고 질겅질겅 씹었다. 우식은 그런 아내에게 말했다.

"면접 때문에 한동안은 계속 바쁠 거야."

"알아. 얘기했잖아. 매년 이맘때는 항상 그랬었고."

"혼자서 애들 보기 힘들 텐데 미안해."

"아냐. 낮에는 도우미도 오고… 괜찮아."

아니라고는 했지만 아내의 얼굴에는 피로감이 가득했다. 둘째가 낮밤이 바뀌어 새벽마다 울어댔기 때문에 아내는 잠을 제대로 잘 수 없었다.

우식은 자신 앞에 있는 맥주를 한 모금 마시고 내려놨다. 그리고 천천히 입을 열었다.

"합격했어."

그의 말에 아내가 맥주잔을 들고 있던 손을 멈추었다.

"뭐가?"

"라이선스."

빌런 주식회사　김선민

그녀의 표정이 굳었다. 맥주잔을 식탁에 내려
놓았다.

"설마 히어로 라이선스 말이야?"
"맞아."

아내는 자신도 모르게 이마를 짚었다. 맥주잔
표면에 맺힌 물방울이 흘러내려 식탁에 동그란 원
형 자국을 만들 때까지도 두 사람은 말이 없었다.
먼저 입을 연 사람은 아내였다.

"오빠, 뭘 어떻게 하고 싶은 건데?"

결혼을 하고 아이가 태어난 뒤부터 아내는 우
식에게 오빠라고 하지 않는다. 그녀가 오빠라는 말
을 입에 담을 때는 여러 가지 의미가 있었다. 우식
은 말없이 맥주잔을 손에 쥐고 있을 뿐이었다. 아
내가 답답한지 그에게 다시 물었다.

"오빠, 진짜 어떻게 할 거냐고."

"뭘?"

"라이선스 합격했다면서. 그 심사를 봤다는 건 히어로가 되겠다는 뜻이 있다는 거 아냐? 내 말이 틀려?"

"꼭 그렇지는 않아."

"그렇지 않기는 뭐가? 오빠 예전에 몇 년 동안이나 히어로 고시 봤잖아. 5년이었나."

"6년이야."

"그래. 암튼 6년 고시 준비하다가 지아 생겨서 취업하고, 이제 좀 살 만해지니까 다시 라이선스에 도전해서 합격을 했어. 그럼 뭐야. 오빠, 올해 마흔셋이야. 지금 와서 히어로를 하겠다는 거야?"

예상했던 것과 너무 똑같은 반응이라 우식은 더 할 말이 없었다. 마흔셋의 히어로. 사실 그런 케이스가 없는 것은 아니었다. 당장 1티어의 히어로들 중에서도 그런 이들이 있다. 하지만 그건 아주 예외적인 경우였다. 엄청나게 특이한 능력을 가졌거나, 이미 사회적 영향력이 있는 사람이 초인으로 각성한 뒤 히어로로 전향하는 경우가 대부분이었다.

아내는 식은 맥주를 벌컥벌컥 들이켜고는 우식을 보며 말했다.

"오빠 능력이 뭐였더라. 변신하는 거. 하이에나였던가?"

그녀의 말에 우식이 욱하며 대답했다.

"큰귀여우야. 하이에나랑은 전혀 다른 종이라고. 주로 아프리카 사바나 지역에서 발견되는 여우의 일종으로 박쥐여우라고 불리기도 하고 80만 년 전 나타난 개과 동물의 한 종류로…."

"어쨌든. 하이에나든 여우든 중요한 게 아니잖아."

우식은 입을 다물었다. 아내가 그를 보며 말했다.

"오빠, 진지하게 지금 히어로 취업 준비하면

가망성이 있어? 히어로 되면 떼돈 번다고는 하지만 그런 사람들 진짜 소수잖아. 오빠가 오빠 입으로 만날 하는 말인 거 기억하지?"

그는 고개를 끄덕였다. 아내의 말은 사실이었다. 1티어 혹은 2티어에 속한 히어로들 중 매달 차트 순위 100위권 안에 들어야 그나마 대중적 인지도가 생기고 벌이가 가능하다. 물론 일부 히어로 중에서는 개인 방송으로 활동하는 이들도 있지만 아무래도 한계가 있다. 그들은 히어로를 뒷받침해줄 전문적인 '빌런'을 세팅하는 노하우가 없기 때문이다.

멋진 히어로 활동을 위해서는 그에 맞는 빌런을 매칭하는 것이 가장 중요하다. 전문적으로 빌런을 제공해주는 곳, 바로 우식이 몸담고 있는 회사가 그런 곳이다. 초인 매니지먼트 사업의 니즈 마켓을 제대로 공략해 빠른 속도로 성장하고 있는 중견 기업이었다.

"오빠 나이에 꿈을 찾아서 새롭게 시작하는 거. 존중은 해. 그런데 우리. 현실을 먼저 보자."

키워야 할 애가 둘이나 있었다. 거기에 새로 분양 받아 곧 입주해야 할 아파트 대출금, 잘 쓰지는 않지만 어쨌든 사놓은 차의 할부금 등등 통일 한국에서 살기 위해서는 필요한 돈이 너무 많았다. 우식은 아내의 심정을 십분 이해했다.

"무슨 뜻인지 알아."

"갑자기 내일 사표 내고 와서 히어로 하겠다 이런 거 아니지?"

"아니. 지금 히어로를 하기는 어렵지."

"그렇게 생각한다니 다행이네."

그 말에 아내가 안심하는 표정을 지으며 남은 맥주를 마셨다. 그런데 우식이 다른 말을 꺼냈다.

"그래서 빌런 쪽으로 지원해볼까 해."

"푸흡!"

순간 아내가 마시고 있던 맥주를 우식의 얼굴
에 뱉었다. 그는 말없이 수건을 가져와서 얼굴에
묻은 맥주를 닦았다. 아내는 덤덤한 표정의 우식을
보며 말했다.

"지금 내가 잘못 들은 거지?"

우식은 분명한 목소리로 다시 말했다.

"아니. 빌런 쪽으로 지원한다고 말한 거 맞아."
"오빠! 그걸 지금 말이라고 하고 있어?"
"유진아. 나도 많이 생각한 거야."
"아니, 멀쩡한 직장 때려치우고 빌런이 되겠
다는 게 말이나 돼?"
"직장 안 때려치워."
"뭐?"
"직군 전환 신청할 거야."

아내는 우식의 말에 입을 쩍 벌렸다. 그녀가
다시 정신을 차리고 말을 이었다.

"오빠 업무는 그쪽이랑 아무 관계없다면서. 처음에 입사할 때는 나한테 그렇게 말했잖아."

"맞아. 우리는 서포트 업무라 빌런 활동 자체에는 개입 안 해."

"근데 직군 전환이라는 게 무슨 소리야."

"초인 각성자들 중에서 히어로 라이선스가 있으면 특채로 직군 전환 신청이 가능해. 그렇게 되면 파트너 빌런 멤버로 회사랑 계약한 후에 활동이 가능한 거지. 연예기획사가 연예인들이랑 계약 맺고 일하는 거랑 비슷하다고 생각하면 돼."

아내는 이마에 손을 얹었다.

"아니. 지금까지 잘 다니고 있었고 오빠 승진한 지도 얼마 안 됐잖아. 5년만 있으면 부장도 달 수 있을지 모른다면서. 그런데 왜 그쪽으로 직군을 바꿔? 빌런이 무슨 장난이야?"

우식이 미리 준비해둔 서류를 꺼내서 아내 앞에 내밀었다.

"이게 뭐야?"

"읽어봐. 우리 회사 파트너 빌런 계약 조건이
야."

그녀는 조건들을 하나하나 읽으면서 살짝 놀
란 표정을 지었다.

"뭐야. 조건이 왜 이렇게 좋아?"

"괜찮은 히어로는 많은데 괜찮은 빌런은 얼마
없어. 활동 수명이 짧거든."

"아니…. 그래도. 빌런이잖아. 범죄를 저지른
초인들 아냐?"

그러자 우식이 고개를 저었다.

"그랬을 때도 있었지. 그런데 요즘은 꼭 그렇
지만도 않아. 초인 엔터테인먼트 산업이 커지면서
초인들의 활약상이 콘텐츠가 되고 부가가치가 높
아지니까 영상물을 비롯해서 2차 저작권 사업들
이 엄청나게 커졌거든."

어느새 아내는 우식의 말을 집중해서 듣기 시작했다.

"통일한국 초기에는 북한해방동맹이다 뭐다 하면서 테러 위협을 가하는 초인들이 많았어. 그런 이들을 통칭해서 빌런이라 불렀지. 그 시기까지는 범죄자가 맞아. 그런데 요즘은 범죄자라기보다는 오히려 히어로와 합을 맞추는 전문 악역에 가까워. 4대보험도 다 적용되고."

"오빠 말은 그럼…. 빌런들이 히어로랑 짜고 합을 맞추는 거란 말이야?"

"아닌 것도 있지만 어느 정도 연출이 들어가는 것도 있다는 거지. 미디어 산업이잖아."

아내는 갑작스럽게 우식이 쏟아내는 말에 머리가 어지러웠다.

"그럼…. 오빠가 직군 전환을 해서 파트너 빌런이 되면 지금보다 더 좋은 조건으로 회사를 다닐 수 있다는 말이야?"

"회사의 직원이 아닌 파트너 계약자로 바뀌는 거긴 하지만 비슷해."

"만약 직군 전환이 안 되면?"

"지금 하는 일 그대로 하고 있겠지."

"인사고과에 불이익은 없고?"

"라이선스가 생겼으니까 오히려 평가에 가산점 붙을걸."

"뭐야. 그럼 문제 될 게 없잖아."

아내는 안심하며 새로운 맥주를 하나 더 꺼냈다. 그녀는 한층 더 여유로운 표정으로 말했다.

"어쨌든 오빠 신변에 문제될 건 없다는 소리잖아. 근데 왜 긴장하면서 말했어?"

"어쨌든 빌런이 된다는 말이니까…?"

그 말에 아내가 피식 웃었다.

"빌런이든 히어로든 내가 볼 때는 똑같은 쫄쫄이 입은 사람들이 나와서 투덕거리는 거로 보이

는데 뭐. 월급 안 밀리고, 계약 사항 잘 지키는 쪽
이 히어로지. 그러고 보니까 저번에 히어로협회에
서 무슨 비리 걸린 거 뉴스에 나오지 않았어?"

우식이 고개를 끄덕였다.

"히어로들에게 줘야 할 정산금을 제대로 주지
않고 누락한 부분이 있어서 금감원에서 시정 조치
를 내렸지. 탈세 문제도 있었고."
"오빠 회사는 안 그러지?"
"우리 회사 모범 납세 기업이야."
"그럼 괜찮네."

의외로 아내가 쿨하게 허락해주자 우식은 어
안이 벙벙했다.

"그럼 내일 직군 전환 신청해볼게."
"어. 계약돼서 계약금 받으면 건조기 사줘. 요
즘 빨래거리 너무 많이 나와."
"알았어."

아내는 금세 빌런 일에 관심이 떨어졌는지 쥐
포를 입에 물고 휴대전화 쪽으로 시선을 돌렸다.
맥주를 모두 마신 뒤 아내는 아이들이 있는 안방
으로 자러 들어갔다. 우식은 식탁을 치우고 안방
맞은편에 있는 옷방으로 들어갔다.

일찍 출근해야 하는 우식은 아이들이 깰까
봐 옷방 바닥에 자리를 깔고 잠을 자고는 했다. 자
리에 누운 우식은 한참 동안 뒤척였다. 잠이 잘 오
지 않았다. 그가 자리에서 일어났다. 히어로 상품
을 모아놓은 작은방으로 갔다. 그는 방문을 닫고
불을 켰다. 그가 모아놓은 야수 변신형 초인 히어
로들의 상품과 DVD가 책장 밑에 꽂혀있었다. 꺼
내본 지 몇 년은 됐는지 하얗게 먼지가 쌓여있었
다. 그는 그중에서 DVD 하나를 꺼냈다.

[티벳여우맨]

티벳여우맨은 티벳여우로 변신하는 히어로였
는데 한창 인터넷에서 유행하던 짤 때문에 반짝 유

명세를 탔다. 1년 정도 히어로로 활동하다가 어느 순간 사라졌다. 인터넷상에서는 진짜 티베트로 갔다는 말도 있었고, 히어로 그만두고 장사를 시작했다는 말도 있었다. 하지만 모두 아니었다.

'파이어폭스.'

놀랍게도 티벳여우맨은 우식의 회사에 특채로 들어와 빌런으로 활동 중이었다. 티벳여우 특유의 생김새를 감추고 우식이 추천한 불여우라는 콘셉트의 야수형 빌런으로 만드니 인기가 솟구쳤다. 덕분에 티벳여우맨은 히어로로 활동했을 때보다 100배가 넘는 돈을 회사에서 받고 있었다.

우식은 티벳여우맨의 DVD와 타이거맨의 VOD에 나온 파이어폭스를 보면서 생각에 잠겼다. 같은 능력에 같은 초인이었지만 서있는 위치가 바뀌면서 인생이 완전히 달라졌다.

'빌런과 히어로의 차이가 뭘까?'

히어로 고시를 공부했을 때는 이에 대해 밤새
도록 토론을 이끌어갈 수도 있었다. 진정한 정의가
무엇인지에 대해서. 하지만 지금은 그다지 중요하
지 않았다. 아파트 중도 대출금을 한 번에 갚을 수
있고, 월 1000만 원 이상의 안정적인 수익을 얻을
수 있다면, 어느 위치에 서든지 그건 중요한 문제
가 아니었다. 우식은 DVD를 책장에 다시 꽂아두
었다.

우식은 언제나처럼 충실하게 정해진 일을 잘
할 준비가 되어있었다. 회사의 그 어떤 일이든 말
이다.

침묵은 절대 금지

장아미

희나가 손가락 두 개를 움직여 미간에 진 주름을 폈다. 눈썹 앞에 생기는 팔자 모양의 주름은 그의 콤플렉스였다. 희나가 백팩의 어깨끈을 움켜쥐고 에스컬레이터에서 내렸다. 그늘을 넘어 한여름의 강렬한 볕 속으로 서둘러 나아갔다.

지상역 승강장에서 인도로 내려오는 몇 분 동안, 앞사람이 든 양산이 옆구리를 찔러 희나는 몹시 불쾌했던 참이었다. 여러 번 허리를 비틀어 피해보았지만, 원뿔형의 양산 끝은 눈이라도 달린 것처럼 집요하게 희나를 찾아 움직였다. 정작 그 양산의 주인, 초여름 날씨에 걸맞은 꽃무늬 원피스 차림의 여자는 희나야 그러거나 말거나 휴대전화를 셀프카메라 모드에 맞춰놓고 립스틱을 덧바르고 있었다.

퇴근 시간, 지하철역 근방은 붐볐다. 게다가 백팩은 얼마나 무거운지. 희나는 관자놀이를 타고 흐르는 땀방울을 느끼며 백팩의 끈을 만지작거렸다. 앞서 걷던 남자가 일행과 만나 알은체하며 걸음을 늦추었다. 그를 피해 옆으로 비켜서려던 희나는 그만 화단에 발이 걸려 넘어질 뻔했다. 체크무늬 셔츠에 면바지를 입은 그는 지하철에서 희나의 옆자리, 그러니까 임산부 지정석을 차지하고 있던 바로 그 작자였다. 지하철에 실려 예닐곱 정거장을 지나는 내내, 희나는 주먹을 꽉 쥔 채로 좌우로 뻐 딱하게 벌어진 그의 다리를 꼬집어주고 싶은 충동 을 억눌러야 했다.

희나가 생각하기에, 분노라는 감정은 누구든 상처 입힐 태세를 갖추고 있었다. 희나의 옆구리를 지그시 눌러오던 양산 끝처럼 날카롭고 단단했다. 타인을 해치는 것으로 마모되지 않으면 안으로 파 고들어 스스로를 괴롭혔다. 희나는 싫은 소리를 하 지 못하는 자신의 성정을 탓하며 고개를 흔들었다.

그러는 사이 헤드셋에서 흘러나오는 음악이 바뀌어 있었다.

보행신호를 놓치고 횡단보도 앞에 멈춰선 희 나가 어리둥절한 표정으로 주위를 둘러보았다. 행 인들이 볼링공에 맞은 핀처럼 일제히 바닥에 엎어 져 있었다.

그제서야 희나가 헤드셋을 벗었다. 음량을 최 대치에 가깝게 올려놓은 탓에, 보행자들을 깔아뭉

개며 흩어진 굉음의 첫 소절을 놓치고 말았다. 오
케스트라의 연주처럼 장엄하고 위압적이었을 그
소리의 여음은 희미했다. 헤드셋의 스피커에서는
드럼 연주가 새어 나오고 있었다.

　희나가 그를 알아본 건, 그의 어깨에 얹힌 기
계장치 덕분이었다. 공갈협박이라는 소기의 목
표를 위해 여러 차례 개조를 거쳤음이 틀림없는
그 폭음발생기의 옆면에는 코드네임이 적혀 있었
다. 채도가 높은 핑크색으로, 매우 굵고 또렷하게.
MERRY 띄우고 JANE. 메리 제인, 혹은 그냥, 제인.

　제인은 무게가 제법 나가는 기계를 든 채로
도 노련하게 전동킥보드를 몰았다. 정체를 감추려
는 목적인지, 안전상의 이유인지 몰라도, 머리에는
실드를 짙은 색으로 코팅한 풀페이스 헬멧을 쓰고
있었다. 팔이며 다리에 보호대를 차고 있다는 점이
이색적이면서 실용적으로 보였다. 물론, 망토 같은
건 두르고 있지 않았다.

　특히 인상적이었던 건 목소리였다. 제인의 음
성은 여자치고도 무척 높고 까랑까랑했는데, 그가
장난기 어린 웃음을 섞어 "꺼져!"라고 외치자, 주

변 2미터 반경 내 자동차의 유리가 한꺼번에 깨져버렸다.

귀를 막고 비틀거리면서도 희나는 제인에게서 눈을 떼지 못했다. 그때 옆에서 억눌린 듯한 언성이 들렸다.

"어이, 거기."

희나가 귀를 막고 있던 손을 내리며 시선을 더듬었다.

"너 때문에 나까지 위험하게 생겼잖아. 고개 숙여, 얼른."

짜증스러운 그 말소리의 주인은 흰머리를 빗어 넘긴 양복 입은 남자였다. 희나는 그 남자를 기억했다. 지하철이 거센 바람을 일으키며 플랫폼으로 들어올 때, 희나를 밀치고 줄 앞으로 끼어들었던 작자였다.

그 순간, 횡단보도 앞에 홀로 서있던 희나를 발견한 제인이 전동킥보드의 방향을 틀었다. 양복을 입은 남자가 망했다는 듯 욕설을 뇌까리며 보도블록에 이마를 박았다.

전동킥보드를 정지시킨 제인이 희나를 정면으

로 주시했다. 턱을 당기며 가볍게 인사를 건네는 모양이 즐거워 보이기까지 했다. 제인이 입을 열었다.

"태초에 빌런이 먼저 존재했으니."

반쯤 정신이 나가있던 사람치고는 침착하게 희나가 이를 받아쳤다.

"히어로가 마땅히 그 뒤를 따르리라."

이른바 '빌런의 서'의 첫 문장이었다. 희나에게는 화장실에 들어가 앉을 때마다 휴대전화의 상식 퀴즈 앱을 이용해 지식 습득에 열중하는 남모를 버릇이 있었다. 이 역시 그때 알게 된 것이다.

제인이 제법이라는 듯 고개를 끄덕였다.

"솔직하게 대답해봐. 너 말이야, 누구 손봐주고 싶은 사람 없어?"

손봐주고 싶은 사람이요? 희나는 반사적으로 튀어나오려는 물음을 억눌렀다.

새치기가 낮을 가린 손가락 사이로 희나를 올려다보고 있었다. 희나는 은행나무 옆에 쪼그리고 앉아 있던 꽃무늬 원피스를 곁눈질했다. 그 여자는 양산 손잡이를 움켜쥐고 희나에게 닥친 위기를 외면한 채 등을 돌리고 있었다. 그에 반해, 체크무늬

셔츠는 자신이 희나는 물론이고 이 사회에 어떤
해악을 끼쳤는지 꿈에도 알지 못한 듯 이쪽을 빤
히 바라보고 있었다. 순간 희나는 자기 내면의 분
노가 걷잡을 수 없이 치받아 오르는 것을 느꼈다.
백팩의 어깨끈을 쥐어뜯으며 희나는 이 중 단 한
명을 골라야 한다면 임산부 지정석을 차지한 것도
모자라, 시각적 폭력이라 불러 마땅한 각도로 다리
를 벌리고 있던 저 사람을 지목하고 싶다고 대답
하면 어떤 일이 벌어질까 문득 궁금해졌다.

"어, 없는데요."

희나가 입술을 달싹였다. 한편으로는 이런 순
간에조차 무해하기 이를 데 없는 자신을 격렬하게
미워하면서.

"그래?"

제인이 몸을 돌렸다. 누군가 가슴을 쓸어내리
며 숨을 몰아쉬었다. 아마도 양복 복장의 새치기
범이 아니었을까. 그럼에도 안심하기는 일렀다. 단
1초 뒤 행동조차 예측하기 힘든 변덕이야말로 빌
런을 빌런답게 만드는 대표적인 특질 중 하나라는
것은 널리 알려진 사실이었으므로.

"그럼 됐고."

그 만남의 끝은 싱거웠다. 제인은 전동킥보드의 스로틀을 당겨 정차해 있던 차 사이를 지나 희나의 시야에서 사라져 버렸다.

고막을 터뜨릴 듯한 굉음이 또 한 번 시가지를 울렸다. 희나는 뒤늦게 그 자리에 주저앉고 말았다. 그 시점에 다른 사람들은 한시라도 빨리 이 범죄 현장에서 벗어나기 위해 정신없이 뜀박질하고 있었다.

그가 바로 이 도시를 장악한 새로운 빌런, 미즈 글루미의 후계자 메리 제인이었다.

촬영은 절대 금지   정우빈

그날 밤, 희나는 침대에 누워 자책하고 또 자책했다. 나는 왜 고프로를 꺼낼 생각도 못 한 거지? 하다못해 휴대전화로 촬영할 수도 있었잖아?

자기혐오가 이성을 마비시켜 희나는 그 순간 자신이 전화기를 꺼내 들고 녹화버튼을 눌렀다가는 상대로부터 끔찍한 보복을 당했을 것이라는, 지

극히 보편타당한 가정 하나를 지워버렸다.

희나가 이불을 걷어차며 결의에 찬 몸놀림으로 일어나 앉았다. 침대에서 내려와 노트북을 켜고 인터넷에 접속했다. 혹시나 했는데 역시나, 없는 걸 찾는 게 더 어려운 인터넷에서는 온갖 빌런들의 팬 페이지며 서포트 계정 따위가 버젓이 운영되고 있었다. 희나는 얼마 지나지 않아 제인을 추종하는 무리가 만든 것으로 추정되는 카페 하나를 찾아낼 수 있었다. 이름하여, '명랑한 친구들Merry Friends'. 카페 대문의 하단에는 '광고와 협찬 문의는 언제든지 환영'이라는 문구가 깨알같이 적혀있었다.

희나는 공지 게시판의 게시글 서너 개를 열어보는 것만으로도 손쉽게 제인의 공식 이메일을 알아낼 수 있었다. 일단은 그것으로 만족해야 했다. 이 정보가 옳은지 그른지는 직접 메일을 보내보면 알게 될 터.

희나는 잠옷 소매를 걷어붙이고 당장 이메일 쓰기에 나섰다. 희나는 불필요한 순간에 지나치게 적극적으로 구는 경향이 있었다. 대개 무던하고 종

종 무신경하며 드물게 대범하다는 점, 그 같은 성
격적 특징이야말로 희나가 온갖 사건사고를 몰고
다니는 이유일지 모른다.

「빌런의 서 첫 문장을 외우고 있던 여자, 기억
하세요? 저예요. 제 이름은 하희나예요. 메리 제인,
당신께 제안하고 싶은 것이 있어 메일을 씁니다.」

다음 문장을 고민하던 희나가 다시 한번 기운
차게 자판을 두드렸다.

「당신도 알다시피, 히어로들의 활약상은 각종
영상 콘텐츠의 소재로 빈번하게 다뤄진 바 있지요.
그렇지만 빌런은요? 빌런은 어떤가요? 당신은 빌
런의 입장을 대변하는 다큐멘터리를 한 편이라도
떠올릴 수 있나요? 메리 제인, 당신을 찍고 싶어요.
연락해 주시겠어요? 다음은 제가 작업한 영상물
목록입니다.」

이어, 희나는 자신이 운영하는 유튜브 채널의

주소를 복사해 붙인 다음, 곧장 작성한 메일을 전송했다.

　하루가 지나고 이틀이 지나도 답 메일은 돌아오지 않았다. 컵라면에 뜨거운 물을 부으며, 뉴스를 검색하거나 치약을 눌러 짜며, 희나는 무심결에 미간을 찌푸리곤 했다. 맥주 한 잔 안 마셔놓고 내가 왜 그런 짓을 저질렀을까? 이메일은 대체 왜 쓴 거야? 뒤늦은 후회가 가슴께에서 치밀어 올라 숨을 쉬기가 어려웠다.

　그로부터 두 번의 주말이 더 지났을 무렵, 휴대전화를 잠금 해제하고 습관처럼 받은메일함을 확인하던 희나는 물고 있던 칫솔을 뱉을 뻔했다. 보낸사람의 이름 네 자, 메리 제인이었다!

　「이번 주 금요일 밤 9시, 그때 그 지하철역 앞으로 나오도록.」

그걸로 끝이었다. 제인이 보낸 메일은 짧았고, 다분히 목적 지향적이었다. 그럼에도 희나는 데이트 신청이라도 받은 사람처럼 몹시 들떴다. 제인이 나를 기억하다니. 더군다나 만남을 먼저 요청한 걸 보면 내 제안을 긍정적으로 검토하고 있는 게 틀림없어. 맞아. 그렇고말고.

희나는 기쁨에 벅차올라 평소보다 두 배는 빠른 속도로 칫솔질했다.

만약 누군가 희나에게 직업이 무엇이냐고 묻는다면, 그는 조금 멋쩍은 얼굴로 유튜버라고 대답할 것이다. 그러나 직업이라 함이 그 일을 해냄으로써 일정 수준의 소득을 보장받는 것을 뜻한다면, 희나는 단연코 유튜버가 아니었다. 무직이었다.

학창 시절 희나가 몰두한 건 근래 유튜브에 올리고 있는 영상물보다 훨씬 전위적인 작업들이었다. 희나는 이 시대에 보기 드문 낭만주의자였으나, 그럼에도 자신이 사랑하는 일이 안정적인 소득원과는 거리가 멀다는 사실을 비교적 일찍 터득했다. 그렇다고 학교 선배나 그 선배의 선배가 운영한다는 방송 외주 프로덕션에 들어가 아침부터 새벽까지 온전히 자신의 것이라고 믿기 힘든 일들에 젊음을 송두리째 쏟아붓기를 원하지도 않는다는 사실을 깨달은 직후, 희나는 과제를 해치우는 것처럼 허둥지둥 유튜브 채널을 개설했다.

지난 일주일 간 희나가 취재한 인물은 한 인디밴드의 기타리스트였다. 촬영 첫날, 희나는 고프로 화면에 비친 그의 옆얼굴, 날카롭지도 그렇다고 딱히 뭉툭하지도 않은 매우 보통의 콧날을 들여다보며 별안간 양 볼이 뜨거워지는 것을 느꼈다.

그랬다. 희나는 촬영 대상과 그토록 쉽게, 열렬한 사랑에 빠지곤 했다. 엉뚱한 순간 시작되는 그 사랑이 그보다 더 엉뚱한 순간 끝나버리기 일쑤라는 점이 희나의 삶을 장악한 이 비극에 있어 유일하게 희극적인 요소였다.

제인과 우연히 맞닥뜨린 이후로 세탁기를 돌리거나 쿠키를 와그작거리며, 테이크아웃 커피를 주문하거나 엘리베이터를 기다리며 희나는 반복적으로 곱씹었다. 그날 그 거리에서 제인이 자신에게 던졌던 질문을.

"솔직하게 대답해봐. 너 말이야, 누구 손봐주

고 싶은 사람 없어?"

무심한 어깻짓 역시.

"그럼 됐고."

✳

금요일 오후, 컴퓨터 모니터 상단의 시계를 확인한 희나는 동영상 편집 프로그램을 종료시키고 의자를 밀고 일어섰다. 외출 준비를 해야 할 때였다.

희나는 백팩에 캠코더를 넣었고, 마이크와 조명도 잊지 않고 챙겼다. 고심 끝에 골라놓은 블라우스를 입었다 벗어버리고, 푸른색 반팔셔츠에 팔을 밀어 넣었다. 백팩을 어깨에 걸치기 직전, 희나가 몸을 돌려 화장대 거울을 들여다보았다. 거울 속 여자는 강하고 씩씩해 보였다. 이 순간 희나에게 필요한 건 다름 아닌 용기였다.

오후 8시 37분. 금요일 밤의 시가지는 붐볐다. 희나는 수십 갈래로 모였다 흩어지는 행인들 한가운데 오도카니 서있었다. 그날처럼 외롭게, 홀로. 백팩의 끈을 비틀어대다 고개를 들어보니, 횡단보

도를 지나는 인파 속에서 한 여자가 그를 뚫어져
라 바라보고 있었다.

희나보다 한두 살 많은 듯 보이는 여자, 그는
껌을 씹고 있었다. 그건 풍선껌이 틀림없었다. 희
나와 시선을 맞추고 있는 동안에도, 여자는 날숨을
불어 껌으로 만들어진 반투명한 풍선을 부풀리고
있었으니까. 이윽고 사과 한 알 크기만큼 팽창한
껌 풍선은 더 이상의 압력을 이기지 못하고 팡, 하
고 터져버렸다.

"시간 맞춰 나왔네?"

여자가 인사 비슷하게 물었다. 희나가 어리둥
절한 표정으로 중얼거렸다.

"…누구?"

"오늘 밤 9시에 만나기로 했잖아."

그 여자, 알고 보니 메리 제인이 또 한 번 껌 풍
선을 불었다.

"그럼 당신이…"

"내가 무슨 이름표라도 달고 나올 줄 알았나?"

제인이 퉁명스럽게 대답했다. 제목을 알 수 없
는 액션영화의 포스터가 프린트된 잿빛 티셔츠에

무릎 아래가 찢어진 스키니진 차림. 허리에는 힙색
을 느슨하게 두르고 있었다. 몇 번의 시술을 거쳤
는지 몰라도, 어깨 길이의 머리카락은 회색이 섞인
연보라색으로 탈색돼 있었다. 그 머리를 제외하면,
그에게서 눈에 띄는 특징은 찾아볼 수 없었다.

　제인은 163센티미터를 넘을까 말까 한 희나
보다 키가 작았다. 그날 전동킥보드를 몰며 자동차
사이를 달릴 때는 이렇게까지 작아 보이지 않았는
데. 이러면 안 된다고 생각하면서도 희나는 자꾸만
제인을 흘끔거렸다.

　그러는 동안에도 제인은 여러 번 껌 풍선을
불었고, 터뜨렸고, 또 불었다.

　"설마 내가 하루 24시간 빌런 행세를 하고 다
닐 거라 생각한 거야? 그렇게는 힘들어서 못 살지.
우리가 일할 때 번거로움을 무릅쓰고 굳이 마스크
를 쓰거나 슈트를 입는 이유가 뭔지 알아? 빌런일
때와 빌런이 아닐 때를 구분하기 위해서야. 그런
식의 분리가 우리에게는 필요한 법이니까. 뭐, 킥
보드를 탈 때는 헬멧을 쓰는 게 맞는 거지만. 청력
보호 효과도 있고."

그럼에도 희나가 멍한 얼굴을 하고 있자, 제인이 다가와 쓱 낯을 들이밀었다.

"저기, 내 말 듣고 있는 거야?"

"지금 이거 찍어도 돼요?"

희나가 백팩을 벗으며 조심스럽게 물었다.

"당연히 안 되지."

제인이 단칼에 거절했다. 백팩을 끌어안고 희나가 눈썹 끝을 늘어뜨렸다.

"촬영 때문에 만나자고 한 거 아니에요? 그럼 왜 나오라고 한 거예요?"

"그야."

제인의 말소리가 줄어들었다.

"금요일 밤이니까."

"네?"

"누군가를 반드시 만나야 한다면, 놀리는 재미가 있는 사람이면 좋겠다 싶었지."

이건 욕이야, 칭찬이야? 희나가 미간에 주름을 잡고 입술을 비죽거렸다. 평소 희나의 성정으로 보면 깜짝 놀랄 만한 일이었다. 그건 어쩌면 그 순간의 감출 길 없는 흥분 때문은 아니었을까.

"가자."

제인이 손짓했다.

"어디로요?"

희나가 눈썹 앞 선명한 미간 주름을 의식하며 머뭇거렸다.

"오늘 같은 날 뭘 하며 노는 게 좋은지 내가 직접 보여줄게."

제인이 앞장섰다. 신호등이 또 한 번 바뀌었다. 보행자들이 두셋씩 짝지어 횡단보도를 건너고 있었다.

그날 희나의 눈에는 뭐랄까, 넥타이를 풀어헤친 구겨진 정장 차림의 직장인들마저 모종의 목적의식을 띠고 움직이는 듯 보였다. 이 묘한 기분은 금요일 밤이 불러일으킨 방종 탓이리라고, 희나는 생각했다. 그를 제외한 세상 모두가 은밀한 작당모의라도 벌이고 있는 것 같았다.

제인이 사거리에서 왼쪽 길을 택해 들어갔다. 허둥거리던 희나가 마주 오는 행인과 어깨를 부딪치기 직전, 제인이 손짓만으로 접촉 없이 상대를 밀어냈다. 희나가 얼떨떨한 표정으로 인사했다.

"감사합니다."

제인이 대수롭지 않다는 듯 응수했다.

"별말씀을."

반사 신경이 몹시 발달한 사람이었다. 이 역시 제인이 지녔다는 슈퍼파워와 연관돼 있는 걸지 몰랐다. 다음 사거리에서 제인은 우측 길로 발길을 돌렸다. 희나가 숨을 헐떡이며 그의 뒤를 쫓았다.

"어디까지…."

희나가 헉헉거렸다.

"…가는 거예요?"

희나의 질문에 답하는 대신, 제인이 손을 들어 바로 옆 벽돌건물을 가리켰다. 가정집을 개조해 만든 카페 겸 레스토랑이었다. 마음 맞는 지인들끼리 조촐한 모임이라도 벌이는 중인지, 색색의 전구로 장식한 테라스 밖으로 화기애애한 말소리가 흘러나오고 있었다.

"즐거워 보이네, 그렇지?"

그 말소리에서 심상치 않은 기색을 알아챈 희나가 뭘 어쩌려는 거냐고 물으려는 찰나, 제인이 엄지와 중지를 맞물렸다. 가벼운 마찰음. 그와 동시에 건물의 조명이 일시에 꺼지더니, 여유로운 웃음소리가 자지러지는 비명으로 돌변했다. 뒤이어 터져 나오는 소음들, 접시 깨지는 소리와 폭발음, 발작적인 울음과 도움을 구하는 외침들.

"지금 뭐 하는 거예요?"

희나가 놀라 목소리를 높였다. 그의 얼굴이 창백하게 질려있었다. 제인이 심드렁하게 되물었다.

"보면 몰라?"

"왜 이런 짓을 하는 거예요?"

"글쎄."

뒤이어, 만면에 고약한 미소를 머금은 제인이 탭댄스라도 추는 것처럼 무릎을 굽히며 발을 놀렸다. 그가 신은 부츠의 밑창이 율동적으로 경쾌하게 콘크리트 바닥을 두드렸다. 그 즉시, 끼이익, 신경을 긁는 소음과 함께 제인이 발을 디딘 곳을 중심으로 깊고 또렷한 균열이 일기 시작했다. 그같이 사소한 몸놀림에서 격발했다고 믿기 힘든 격렬한 진동이었다.

그럼에도 희나를 중심으로 1미터 이내에는 미세한 떨림조차 전해지지 않았다. 그 사실을 아는지

모르는지, 희나는 안절부절못하며 주위를 두리번
거렸다.

하필이면 그때 근처를 지나던 운 나쁜 남학생
몇이 겁에 질려 우왕좌왕했다. 희나는 식은땀을 닦
으면서 그들에게 사과했다.

"미안해요. 많이 놀랐어요?"

"네가 왜 사과를 하냐고."

제인이 신경질을 부렸다. 예기치 않은 힐난을
당한 희나는 뺨 언저리가 달아오르는 것을 느꼈다.
대신 사과를 해줘도 난리람.

"잠깐."

골목 끝을 노려보던 제인이 희나의 손목을 붙
들었다. 설마 내 혼잣말을 들은 건 아니겠지. 희나
가 욕설을 우물거리던 입을 단속했다.

"희나, 너는 이제부터 내가 시키는 대로 움직
여야 해."

제인이 내 이름을 기억하고 있었다니! 희나는

부러 무뚝뚝하게 물었다.

"제가 왜요?"

그런 반응이 돌아올 것을 예상하고 있었다는 듯 제인이 손가락을 놀려 허공을 그었다. 폭죽성과 함께 불꽃이 튀더니, 건물 외벽의 간판에 거센 불길이 일었다. 그때까지도 호기심 어린 눈초리로 그들을 예의 주시하고 있던 교복 차림의 소년들이 혼비백산해 달아나버렸다.

"뭐, 머리색을 바꾸고 안경만 써도 못 알아볼 테니까."

어깨를 들먹인 제인이 한결 낮고 음험한 말투로 쏘아붙였다.

"너 말이야, 한 번만 더 나를 짜증나게 만들었다가는 이 정도에서 끝나지 않을 거야. 저 건물 전체를 뭉개버릴 수도 있다고. 내 말, 알아듣겠어?"

희나가 마른침을 삼키며 선선히 고개를 끄덕였다.

"잘 들어. 앞만 보고 걷는 거야. 천천히 이 골목을 빠져 나가. 그러면 사거리에서 선글라스를 쓴 남자와 만나게 될 거야."

지퍼 여닫는 소리가 들리고 이어, 희나의 손
끝에 매끄럽게 연마된 구체가 닿았다. 제인의 힙색
에서 나온 물건이었다. 제인이 희나의 손가락을 붙
들어 꼭대기의 버튼을 더듬도록 했다.

"여기 버튼을 눌러. 그리고 이걸 그 남자에게
던져. 얼굴을 겨냥해야 해. 본능적으로 해치우는
거야. 명심해, 망설이는 순간 실패하는 거나 마찬
가지니까. 절대, 망설이면 안 돼."

제인이 짧은 날숨을 뱉자, 풍선껌 냄새가 났다.
숨결에 섞여 풍기는 그 향기가 달콤했다.

"그런 다음 도망쳐. 돌아보지 마. 네 다리에 목
숨이 송두리째 달려있다고 생각하는 거야. 질문은
금지. 내가 지시한 대로 움직여. 안 그러면 내가 무
슨 짓을 저지를지 나도 잘 모르겠으니까."

초조함으로 인한 것인지, 혹은 예상 밖의 즐
거움 때문인지, 제인이 낮은 웃음을 터뜨렸다. 희
나는 얼결에 목을 움츠렸다.

"그럼 가, 어서."

제인이 희나의 등을 떠밀었다. 희나가 엉거주
춤한 자세로 앞으로 나아갔다. 반강제적으로 첫 걸

음을 뗀 이후에는, 심호흡에 심호흡을 거듭하면서
굼뜨게 다리를 놀렸다. 희나가 손 안에 구체를 그
러쥐었다. 이 물건의 용도에 대해서는 되도록 상상
하지 않으려 노력했다.

제인의 말이 단순한 협박만은 아니라는 것쯤
은 희나도 충분히 짐작할 수 있었다. 방금 전, 건물
하나를 난장판으로 만들어놓은 걸 보라지. 그 끔찍
한 비명이며 울음이라니.

상대는 빌런이었다. 손가락 하나 까딱하는 것
만으로 사람을 날려버리고 가로등을 뽑아 던질 수
있었다. 초인, 나아가 악한이었다. 어떤 힘은 그 강
력함으로 인해 자신이 섬기는 자조차 책임을 질 수
없게 했다.

내 잘못으로 죄 없는 사람이 다치기라도 한다
면. 아랫입술을 깨문 채로 희나는 머릿속을 가득
메운 그 생각을 털어내려 애썼다. 아니, 그런 일은
일어나지 않을 거야. 별일 없을 거야. 그렇게 믿어
야 해.

그러나 한편으로 희나는 한 걸음을 뗄 때마다
높아지는 뺨의 온도와 손바닥에 흥건하게 고인 땀

을 느꼈다. 심장이 박동하는 소리에 맞춰 몸속 세
포 하나하나가 약동하는 것을 감지했다. 감각이 섬
뜩할 만큼 예민해져 있었다. 이런 게 흥분이구나,
희나는 제 마음의 목소리가 상기돼 있다는 것을
알아차렸다. 이게 해서는 안 되는 일을 저지르는
기분인 거야. 내가 빌런의 하수인 노릇을 하고 있
다니, 맙소사.

　희나의 걸음이 빨라졌다. 구체를 쥔 손을 내리
며 희나는 수상한 사람처럼 보이지 않도록 자세를
바로잡았다. 눈에 띄지 않는 건 그의 특기였다. 어
떤 상황에서도 희나는 주위에 폐를 끼치지 않는 사
람이었으니까. 그건 다시 말해, 양산 끝에 찔려도
소리 지르지 않는 사람, 새치기를 당했을 때 거칠
게 항의하며 분노하기는커녕 조용히 물러서서 옷
매무새를 가다듬는 사람이라는 의미이기도 했다.

　골목길을 빠져나가자, 공공주차장 옆으로 기
다랗게 이어진 인도가 나왔다. 희나가 주위를 탐색
했다. 과연, 제인의 말은 옳았다. 주차장 너머 골목
에서 초록색 트레이닝복을 입은 남자가 이편으로
걸어오고 있었다. 그는 테가 검고 두꺼운 선글라스

를 쓰고 있었다.

이 밤중에 선글라스라니 앞이 보이기는 하는
걸까. 희나가 싱거운 질문을 던지며 걷는 속도를
늦추었다. 한 발짝 나아갈 때마다 핏속에서 뇌성이
울리고 번개가 치는 기분이었다. 두렵고 떨렸으며
조금은 짜릿하기도 했다. 빨라진 제 심장박동을,
땀 냄새를 들켜버릴 것 같았다. 그러다 문득 스스
로에게 물었다.

내가 왜 빌런이 시키는 대로 움직이고 있는 거
지? 저 남자에게 무기인지 뭔지 모를 구체를 던지
는 대신 알려줄 수도 있는 거잖아. 제인이 이 물건
으로 당신을 공격하라고 협박했다고. 빌런의 적이
라면 히어로와 같은 편이라고 봐야 할 텐데. 그가
나를 도와줄 수 있지 않을까.

그 무렵에 이르러, 희나와 남자 사이의 거리
는 서너 걸음 안팎에 불과했다. 희나가 굳어있던
입술을 열었다.

"저기, 잠깐만요."

남자가 희나를 쳐다보았다. 그가 쓴 선글라스
렌즈에 희나의 얼굴이 비쳤다.

희나가 딸깍, 구체의 버튼을 눌렀다. 그건 어떤 면에서 다분히 조건 반사적인 행동이었다. 구체 안에서 톱니바퀴 같은 것이 맞물리며 돌아가는 소리가 들렸다. 더는 망설이면 안 됐다.

희나가 구체를 투척했다. 목표물의 얼굴을 똑바로 겨냥하는 용기까지는 내지 못한 까닭에, 그 물체는 완만한 곡선을 그리며 의도한 바보다 다소 낮게 날아갔다. 조금 엇나갔을지 몰라도 아무튼 이미 작동을 시작한 구체는 희나의 손을 떠나기 무섭게, 지직, 소리를 내며 총천연색 연기를 뿜어냈다. 지켜보는 것만으로 입안에 군침을 돌게 만드는 인공색소 같은 빛깔이었다.

결과야 어쨌든, 희나는 임무를 완수했다. 이제 죽도록 달아나야 할 때였다.

피어오르는 연기 속에서 희나가 뒤돌아섰다. 금요일 밤의 여유를 즐기던 행인들 역시 입과 코를 막은 채 사방으로 달아나고 있었다.

그 구체의 역할이 무엇이었든지 간에, 안타깝게도 남자를 완벽하게 제압하지 못한 것이 틀림없었다. 희나를 에워싸고 있던 알록달록한 연기 속에서, 그의 것으로 짐작되는 큼지막한 손 하나가 뻗어 나오고 있었으므로.

희나는 겁에 질려 그 자리에 얼어버렸다. 남자가 희나를 난폭하게 끌어당기려는 찰나, 어디선가 희미한 딸기 향기가 끼쳐 왔다. 희나가 눈을 크게 떴다.

거친 바람이 머리카락을 헝클어뜨린다 싶더니, 희나는 다음 순간 허공에 떠올라 있었다.

제인이 희나의 손을 잡고 있었다. 눈 아래부터 턱까지 열대의 꽃문양이 그려진 반다나를 두르고 있어, 그의 얼굴에서 드러나 있는 것이라곤 검고 선명한 두 눈뿐이었다. 전에 없이 온화한 말투로 제인이 희나에게 당부했다.

"약속해. 비명은 지르지 않기로."

희나가 고개를 끄덕였다. 그 즉시 희나를 당기며 제인이 몸을 틀었다. 둘은 밤하늘을 가르며 날아올랐다. 그러다 나아가는 힘이 떨어지자, 천천히, 그러다 오싹할 만큼 빠르게 곤두박질했다. 희나가 기겁해 제인에게 달라붙었다. 제인은 희나를 끌어안다시피 한 채로 인근 다가구주택의 난간을 디디며 도약했다.

　희나는 제인에게 이끌려 바람을 거슬러 전진
했다. 내려앉는 것과 대조적으로, 하늘 높이 솟구쳐
오를 때의 기분은 다른 어떤 경험과 비교할 수 없을
만큼 짜릿했다. 롤러코스터 같은 놀이기구를 타는
것과도 전혀 달랐다.

　희나는 공포인지 환희인지 혹은 둘 다인지 모
를 감정에 사로잡혀 몽롱하게 물었다.

　"지금 이 장면 찍어도 돼요?"

　"미쳤냐."

　제인이 콧방귀를 뀌었다. 둘은 중력의 구속에
서 벗어나지 못하고 다음 순간 급격히 아래로 끌어
내려졌다. 현기증과 더불어 격통에 맞먹을 만한 두
려움이 치받아 올라, 희나는 끙끙거리며 제인의 팔
에 죽자 사자 매달렸다. 그런 희나를 곁눈질하며
제인이 유쾌한 웃음을 터뜨렸다. 또 한 차례의 점
프. 희나는 자신이 다른 누구도 아닌 빌런의 웃음
소리를 듣고 있다는 것을 믿을 수 없었다.

　춤이라도 추듯 제인과 손을 맞잡은 채로 희나
는 빌라며 다가구주택, 상가건물 들 사이를 횡단했

다. 착지와 도약을 반복하면서 상공을 가로질러 가로등불이 밝혀진 도심지를 새의 시선으로 응시했다. 공원 벤치에 앉아 물을 마시던 조깅복 복장의 여자가 그들을 발견하고 손을 흔들었다. 희나는 자신이 누군가의 휴대전화에 찍히지 않았기만을 진심으로 바랐다.

그때 제인이 희나를 당겨 근처 빌딩의 외벽에 내려앉도록 했다. 동작을 다소 서두른 탓에 거리재기에 착오가 있었던 모양인지, 희나는 벽 한편에 튀어나와 있던 실용음악학원 간판에 하마터면 얼굴을 얻어맞을 뻔했다.

"성가신 놈들이 달라붙어서 말이지."

강풍 속에서 둘은 노출콘크리트 건물의 돌출부에 엉덩이를 붙이고 앉았다. 희나가 손을 더듬어 벽체의 모서리를 쥐었다. 제인이 골목 하나를 사이에 둔 맞은편 상가주택을 가리켰다. 희나가 찌푸린 눈으로 그 건물의 지붕을 훑었다. 아니나 다를까, 남자 셋이 팔짱을 낀 채로 모서리에 디디고 서있는 것이 보였다.

키 순서대로 도열해 있던 그들은 복장은 달라

도 하나같이 검은 선글라스를 끼고 있다는 공통점
이 있었다.

"숫자들이야. 2와 5, 6. 개중에도 2는 어찌나
부지런한지. 야근에 특근에 아주 일중독이라니까."

"숫자들이요?"

"응. 히어로와 함께 일하는 협력업체 직원들이
야. 히어로를 대신해 자잘한 분쟁들을 해결해주지."

손바닥에 땀이 차오르는 것을 느끼며 희나는
그중에서 두 번째, 5라고 불린 초록색 트레이닝복
차림의 남자를 눈여겨보았다. 점도 높은 반고체가
덕지덕지 묻어 바지며 신발이 엉망이었다. 희나는
그가 제인의 지시를 받아 공격을 감행한 바로 그 남
자임을 확신했다.

"맞다, 아까 그 물건은 뭐였어요?"

"감속기 말이야?"

제인이 풍선껌을 질겅이며 덧붙였다.

"적의 움직임을 둔화시키는 용도지. 연기를
퍼뜨리면서 감속젤리를 뿜어내거든. 치명적이지
는 않아도 충분히 성가신 무기지. 설마 내가 너한
테 폭발물이라도 줬을까 봐? 놈이 근처를 어슬렁

거리는 게 신경 쓰여서 경고하고 싶었을 뿐이야.
결과적으로는 아까운 무기 하나를 낭비하고 만 셈
이지만."

희나가 풀 죽은 표정을 지었다.

"제 나름대로는 최선을 다했다고요."

"그건 나도 알아."

그 한마디에 마음이 누그러진 희나가 미간에
팬 주름을 폈다.

"그나저나 실례를 좀 해야 할 것 같은데."

"네? 실례라니 무슨."

설명할 시간 따윈 없다는 듯 희나를 앞세우
고 제인이 공중으로 몸을 띄웠다. 숫자들이 움직이
고 있었다. 제 발밑에 닿는 게 아무것도 없다는 걸
깨달은 희나가 새파랗게 질려 제인의 팔을 잡았다.
제인이 선두에 나와있던 5를 쏘아보며 특유의 고
음으로 일갈했다.

"내가 인질을 붙잡고 있는 게 안 보이나 봐?"

"인질은 무슨. 그 여자가 나한테 감속기를 던
졌다고."

5가 씩씩거렸다.

"물론 그랬겠지. 내가 그러라고 시켰으니까. 내 주특기잖아. 공감협박."

뻔뻔하기 짝이 없는 제인의 응수 때문이었을까, 공격을 감행할 수 있을 만큼 거리를 좁힌 후에도 5는 다음 동작을 망설이는 눈치였다. 제인이 코웃음을 쳤다.

"그렇게 마음이 약해 빠져서야."

언제 감속기를 꺼내 쥐고 있었던 걸까. 버튼을 눌러 장치를 작동시킨 제인이 이를 허리 높이까지 던져 올리고는 힘차게 걷어찼다. 구체는 형형색색의 연기를 쏟아내며 그대로 5에게 날아갔다. 귀를 먹먹하게 하는 폭발음이 사위를 뒤흔들었다.

2와 6은 위기에 처한 동료를 돕기는커녕 옷자락을 스치는 젤리 몇 방울에 기겁하며 허겁지겁 달아났다.

"이놈의 지긋지긋한 감속젤리!"

젤리범벅을 한 5가 두 팔을 허우적거리며 지상으로 나가떨어졌다. 제인이 그를 향해 손을 흔들었다.

"잘 가. 우리 당분간 만나지 말자고."

그런 뒤에, 희나를 데리고 뒤편 상가건물의 옥
상에 사뿐히 내려앉았다.

"말썽 피우지 말고 여기서 잠시만 기다려."

제인이 희나의 손을 놓고 도움닫기도 없이 뛰
박질했다. 그 비상을 눈으로 쫓으며 희나가 작게 중
얼거렸다.

"제가 이 순간을 위해 캠코더를 챙겨왔는데 말
이죠."

슈퍼파워란 과연 놀라웠다. 바람을 가르며 날
아오르는 와중에도 제인은 뒤도 돌아보지 않고 외
쳤으니.

"안 돼, 촬영은 절대 금지야."

2와 6이 제인에게 달려들었다. 그들 셋이 공
수를 주고받는 몸짓이 어쩌나 기민한지, 기합소리
와 타격음, 감속기에서 뿜어져 나온 연기 입자 너
머로 희미하게 드러나 있던 복잡다단한 움직임의
궤적 외에 희나는 그 무엇도 명료하게 구분해낼
수 없었다. 평범한 인간의 감각으로 파악하기에,
그들의 몸동작은 초현실적으로 빨랐으며 더욱이
교묘했다. 뒤이어 옅어질 만큼 옅어진 연기 구름

속에서 잿빛 형체 하나가 옷감에서 풀려나온 올처럼 급작스럽게 튕겨 나왔다.

초인이 낙하하고 있었다.

희나가 난간 앞으로 달려갔다. 지축을 울리는 소음과 함께 아스팔트 도로 위, 균열의 한복판에 뻗어있던 사람은 제인이 아니었다. 숫자들 가운데서도 가장 체격이 좋은 남자, 6이었다. 난간을 놓으며 희나가 안도의 한숨을 내쉬었다.

달빛이 초인들의 전투를 만천하에 폭로했다. 제인이 2에게 주먹을 날렸다. 2가 이를 피하며 도약하려 했으나, 제인은 솜씨 좋게 그의 발목을 낚아챘다. 유리 건물에 날아가 꽂히기 직전, 간신히 몸을 추스른 2가 제인의 등을 노리며 덤벼들었다. 제인은 2가 내지른 발질을 피하며 이기죽거렸다.

"소문을 들어보니, 1은 곧 승진할 것 같다던데?"

"하, 누가 그래?"

태연하게 대꾸하기는 했지만 그는 암만 봐도 화난 모양새였다.

"1보다 먼저 일을 시작한 걸로 아는데. 속깨나

쓰리겠어."

제인이 키득거렸다. 까득, 이를 가는가 싶던 2가 맞받아쳤다.

"그래봤자 너도 계약직이잖아?"

"쳇. 그래도 너와는 처지가 다르거든."

그러는 동안에도 둘은 쉴 새 없이 주먹을 나누었다. 실용음악학원의 간판을 때려 부수었으며, 빌딩의 유리를 무수히 깨먹었다. 그 광경을 넋을 잃고 지켜보는가 싶던 희나가 메고 있던 백팩을 벗었다. 찍어야 했다. 이 장면을 반드시 기록해야 했다.

희나가 백팩을 열어 캠코더를 꺼냈다. 초인들을 둘러싼 광휘와 열기가 못 견디게 강렬해지고 있었다. 힘의 충돌이 빚은 빛과 열의 세례 속에서, 희나는 고개를 비틀고 신음하면서도 캠코더를 쥔 손을 어떻게든 들어올리려 애썼다.

다음 순간, 고막을 터뜨려 버릴 듯한 충격음과 더불어 섬광이 번뜩였다. 대치는 끝났다. 승패는 갈렸다. 저들 중 하나는 이겼고 나머지 하나는 졌으리라. 혹은 둘 다 패배하고 말았을지도.

"안 돼….."

희나가 눈물을 글썽였다.

"제인, 제인…."

희나가 밤하늘을 더듬어보았다. 그때 등 뒤에서 들려오던 심술궂은 목소리.

"나 안 죽었는데."

희나가 벌떡 상체를 일으켰다.

"제인!"

제인이 얼굴에 두르고 있던 반다나를 벗었다. 입술은 하얗게 질린 데다 머리카락이 헝클어져 있기는 했지만, 제인은 다친 데 없이 비교적 멀끔해 보였다.

"아니, 멀쩡하잖아요?"

"멀쩡한 것도 문제냐."

제인이 스키니진의 뒷주머니에 반다나를 구겨 넣으며 툴툴거렸다.

"내 경력이 아무리 짧다고 해도 쟤들한테 지지는 않는다고."

눈썹과 눈썹 사이에 전에 없이 깊은 주름을 새기고 있던 희나가 난데없이 팔을 뻗어 제인을 붙들었다. 당황한 제인이 어어, 소리를 냈다.

"왜 이러는 거야, 갑자기."

"걱정했단 말이에요."

희나에게 다리를 잡힌 채로 비틀거리던 제인은 급기야 그 자리에 주저앉고 말았다. 제인이 세모눈을 하고 흘겨보았지만 희나는 겁먹기는커녕 앞니를 드러내고 실실거렸다.

"에라, 모르겠다."

제인은 두 팔을 벌리며 철퍼덕 드러누워 버렸다. 희나가 뺨 옆에 손을 받치고 제인의 옆얼굴을 들여다보았다. 차들이 내는 소음이 그들과 상관없는 세상의 바깥에서 들려오는 것처럼 아득했다. 제인이 입을 열었다.

"나는 말이야, 이 짓을 되도록 오래 해먹는 게 목표야."

제인의 입술 위로 반투명한 껌 풍선이 슬그머니 부풀었다 사라졌다.

"그것 참 흥미로운 발언이라고? 너도 내게 묻

고 싶은 거지? 세계 정복이 빌런들의 최종 목표 아
니냐고. 빌런이라면 누구나 파괴 행위에 집착하는
거 아니었냐고. 설마. 빌런들이 모두 그렇게까지 사
악하지는 않아. 못 말리는 미치광이들도 아니지. 대
개는 부와 성공, 약간의 명성을 원하는 소시민일 뿐
이야. 평화롭게, 길고 만족스러운 삶을 누리길 바라
지. 그 점에 있어서는 나도 마찬가지고."

"진짜로요?"

희나가 의심스럽다는 듯 되물었다. 제인이 어
깨를 으쓱거렸다.

"물론. 나는 이 세상에 아주 약간의 손해를 입
히고 싶을 뿐이야."

그건 좀 친환경적이지 않은 생각이잖아요, 공
박하려다 말고 희나는 입을 다물었다. 제인의 주장
은 계속됐다.

"예를 하나 들어볼게. 내가 어느 카페 겸 레스
토랑의 간판을 날려버렸다고 치자. 그 가게의 주인
은 정상적인 영업을 하기 위해서라도 다음 날 사람
을 불러 간판을 고쳐야겠지? 내가 망가뜨린 도로
는 어떨까. 빌딩의 유리창은? 누군가 돈을 지불받

고 노동력을 제공하는 과정이 뒤따를 수밖에 없을 거야. 내가 2주 전에 다이아몬드를 훔친 행위 역시 정확하게 같은 방식으로 우리 사회에 일조했다고 봐야 할 거고."

그럼 뉴스에 나온 다이아몬드 도난 사건의 범 인이 제인이었단 말이야? 희나가 목에 걸린 질문 을 삼켰다.

"굳이 비유하자면, 나는 기계장치를 맞물려 돌아가게 만드는 톱니바퀴 같은 존재야. 부와 사람 과 기술을 여기서 저기로, 저기서 여기로 움직이게 만들지. 지구상에는 그런 식의 순환이 필요해. 렘브 란트의 그림이 10년 넘게 자본가의 수장고에 보관 돼 있다면 그건 그 주인에게야 이득이겠지만, 나머 지 인류 전체의 입장에서 볼 때 크나큰 손실이 아 닐까. 뭐, 미즈 글루미가 이 사실을 알았다가는 나 를 몹시 꾸짖겠지만. 그 사람이야 내가 자기 자리 를 이어받아 소소한 소동이나 일으켜주기를 원했 을 테니까."

이건 또 무슨 궤변이람, 생각하면서도 한편으 로 아주 일리 없는 소리는 아니라고 수긍하고 말았다. 그러다 문득 물었다.

"그런데 미즈 글루미는 어디에 있는 거예요? 왜 갑자기 사라져 버렸죠?"

"그 사람, 지금 휴가 중이야."

"태평양 외딴섬에 눌러살기라도 한 거예요? 은퇴 준비?"

"아니, 출산 휴가."

"네?"

"아이를 낳았거든."

"뭐라고요?"

희나의 눈이 대번에 휘둥그레졌다.

"여자아이래."

"말도 안 돼."

그게 뭐 그리 놀랄 일이냐는 듯 제인이 떨떠름한 태도로 희나를 흘끔거렸다.

"말이 안 될 건 뭐야? 미즈 글루미는 언제나 아이들을 좋아했어. 그 여자가 어떤 놈들을 주적으로 삼았는지 생각해보면 충분히 짐작할 수 있지 않나. 이전 경찰청장은 상습적인 성추행범이라는 게 밝혀졌지. 그 영화배우라는 작자도 그렇고, 교도소 공격 사건을 떠올려 봐. 미즈 글루미가 어떤 수감자들의 멱을 따버렸는지. 역겨운 성범죄자 새끼들이었지."

"그렇지만 그날 교도관 두 명과 경찰 한 명이 희생됐잖아요. 숨진 교도관 중 하나는 임신 7개월이었고요."

희나가 떨리는 목소리로 항의했다. 그 역시 그들 교도관과 경찰을 추모하는 집회에 참석한 바 있었다.

"우리야 조금씩 미쳐있는 게 사실이겠지."

제인이 자신의 뒷통수에 손바닥을 갖다 대며 덧붙였다.

"그렇다면 대답해 봐, 히어로는 어떨까. 그들은 과연 정상일까. 어떤 인간이 그처럼 거대한 힘을 품은 채로 돌아버리지 않을 수 있을까. 히어로와 빌런을 가르는 경계라는 게 네가 믿고 있는 것처럼 명확할까. 히어로는 왜 히어로지? 빌런은 왜 빌런이고?"

제인이 집게손가락을 들어 관자놀이께를 두드렸다.

"그건 그야말로 여기에 달려있는 문제라고. 머릿속. 관점의 차이. 시작은 누구를 빌런으로 여기느냐였지. 빌런을 정의하고 나니 그에 맞서 싸우는 사람이 자연스럽게 히어로로 자리매김하게 됐으니까. 너도 기억하고 있잖아. 태초에 빌런이 먼저 존재했으니."

"히어로가 마땅히 그 뒤를 따르리라."

거 보라는 듯 제인이 어깨를 들먹였다. 짧은 침묵. 희나가 누운 자세를 바꿔 밤하늘을 응시했다. 인공위성인지 별인지 모를 것이 손 닿을 수 없는 먼 곳에서 점멸하고 있었다.

때는 한여름, 낮이 길어 해 질 무렵에는 누구나 속수무책의 무기력에 시달리던 어느 날이었다. 거미가 내렸다고는 해도 뜨거운 숨결이 섞인 대기는 여전히 끈적거렸다. 함성은 격렬했으나, 시위대는 그 소리가 가리키는 방향으로 나아갈 수 없었다. 깃발 여러 개가 목표물을 향해 겨누어진 무기처럼 어둠이 내린 하늘을 찔렀다. 주먹들이 흔들렸지만, 그건 아무도 상처 입히지 못하는 공허한 타격일 따름이었다.

격렬한 시위의 현장. 최초의 초인은 그들 시위대 속에서 탄생했다. 등은 곧게 세우고 두 팔은 늘어뜨린 채로 목이 터져라 구호를 외치는 동료들의 머리 위로 홀로 고요하게 비상했다.

"저길 봐, 저길 좀 보라고."

머리에 붉은 띠를 동여맨 남자가 고함을 질렀을 때, 그는 이미 부러뜨린 깃대를 손에 쥐고 진압 병력을 향해 돌진하고 있었다.

그의 육신에 깃들어 있던 힘을 깨어나게 한 건 화였다. 외부의 부조리와, 그로 말미암은 내면의 고통을 연료로 타오른 분노. 감정이라는 것이 한 인간을 얼마나 고양시킬 수 있는지를 고려해볼 때, 그건 전혀 이상한 현상이 아니었다.

그날, 스무 명이 넘는 경찰들이 부상을 입었다. 그 가운데서도 특히 불운했던 젊은이는 그가 뽑아 넘어뜨린 가로수에 깔려 평생 다리 하나를 쓰지 못하게 되었다. 경찰차 다섯 대가 박살났고, 급기야는 발포 명령이 떨어지기까지 했다.

"태초에 빌런이 먼저 존재했으니."

최초의 초인은 구하는 사람이 아니었다. 저항하는 자였다. 당시의 사건은 대로변에 설치된 방범용 CCTV에 고스란히 기록됐다.

혼돈과 광기에 휩쓸려 막무가내로 날뛰던 그는 결국 그 장소를 탈출하는 데 성공했다. 이후 두 달 넘게 자취를 감추었던 그가 다시 모습을 드러낸 곳은 또 다른 분쟁의 장소였다. 그동안 어떤 방식으로 스스로를 단련시켰는지 몰라도, 제 안의 힘을 의심하지 않게 된 그는 이전보다 치밀하게, 매우 경제적으로 움직였다. 시위대는 살아있는 무기나 다름없는 그의 활약을 반기며 환호했다.

최초의 초인. 그는 질서와 규율, 확고부동한 권력을 뒤흔든 존재였다. 검은 손수건으로 얼굴 대부분을 가린 그를 정부는 경멸했고, 아이들은 낭만화했으며, 대다수의 어른들은 두려워했다. 그런데도 그를 없애기는커녕 체포할 수조차 없었다. 아무리 능력 좋은 저격수나 특수부대를 동원할지라도 불가능했다. 그의 능력은 그토록 전례 없는 것이었다.

이것이 두 번째 초인이 등장하게 된 이유였다. 두 번째 초인은 정부의 암묵적인 지원에 힘입어 바이오회사의 실험실에서 인위적으로 탄생했다. 이후 나타난 모든 히어로와 빌런 들은 능력증폭기라 불리는 장치 속에서 배양된 존재들이었다. 아마도, 메리 제인 역시.

"히어로가 마땅히 그 뒤를 따르리라."

두 번째 초인에게 붙여진 이름은 오더였다. 히어로가 나타남으로써 빌런에게도 코드네임이 생겼다. 누가 처음 명명했는지 몰라도 사람들은 그를 카오스라고 부르기 시작했다.

이윽고 마지막 결전의 날이라 일컬어지는 휴일. 오더는 카오스를 도시 밖 무인도로 유인했다. 오더와 카오스는 그곳에서 꼬박 하루가 소요됐다는 사실 외에는 무엇도 밝혀진 바 없는 둘만의 전쟁을 벌였다. 다음 날 새벽, 그 도시는 물론이고 근방의 주민들까지 공포에 질려 울부짖게 만든 무시무시한 폭발음과 함께, 섬은 바닷속으로 잠겨들었다. 그리고 두 초인의 행방은 묘연해졌다.

이후, 오더와 카오스는 일종의 신화로 자리매

김했다. 그것이 '빌런의 서'의 첫 장을 이루는 이야
기였다.

"히어로는 질서를 수호하려고 해. 그건 변화
를 거부한다는 의미가 아닐까."

제인이 콧등에 잔주름을 잡은 채로 풍선껌을
짓씹었다.

"나는 작은 혁명들을 일으킬 거야. 이 도시에
균열이 일게 만들겠어. 자본가들을 들쑤셔 놓을 거
야. 전과 같지 않게 바꿔놓을 거라고. 멍청한 인간
들이 나에 대해 뭐라고 지껄여대건 상관하지 않겠
어. 미즈 글루미? 하, 돌아올 수 없을걸? 나는 물러
나지 않을 거니까. 계약서? 웃기는 소리 하지 말라
고 해. 빌런 사이에 계약은 무슨. 미안하다는 말을
입에 달고 다니는 너 같은 인간은 나를 절대 이해하
지 못하겠지만."

그건 당신이 저지른 범죄행위에 대한 변명에
불과해요, 라고 희나는 맞받아치고 싶었다. 희나의

표정에서 그의 본심을 읽은 제인이 발끈해 항변했다.

"싸움을 두려워해서는 이 세상에 실금 하나 가게 할 수 없다고!"

"들어봐요, 제인. 저는요, 이 도시를 사랑해요."

희나가 어렵게 입을 열었다.

"저는 이 도시에서 태어나 이 도시에서 자라왔어요. 제가 다닌 고등학교도 여기서 그리 멀지 않아요. 저는 주택가의 좁은 골목을 친구들과 함께 뛰어다녔어요. 버스정류장 옆 포장마차에서 떡볶이를 사 먹었고, 우유갑에 모아놓은 동전으로 노래방에서 유행가를 불렀어요. 예보에 없는 비가 내린 날에는 슈퍼마켓의 차양 밑에서 젖은 교복을 말렸고요. 남자친구와 첫 키스를 한 것도 저기 어디쯤에 서있는 가로등 아래였을 거예요."

희나는 그날의 찬란했던 불빛을 떠올렸다. 그 광휘는 그가 최초로 경험하게 될 경이에 대한 암시처럼 느껴졌다. 가쁜 숨을 내쉬며 희나는 발꿈치를 들고 소년의 가슴에 귀를 갖다 댔다. 마주 잡은 손 안에서 땀이 차올랐고, 이마는 열이 올라 뜨거웠다. 소년은 희나를 품에 안은 채로 들릴 듯 말 듯 콧노래를 흥얼거렸다.

"저는 이 도시에서 살았고, 여전히 살고 있어요. 앞으로도 오랫동안 이곳을 떠나지 않을 거예요. 저는 이 도시가 망가지는 걸 원하지 않아요."

"그렇다면 나를 응원하는 게 좋을 거야."

"네?"

제인이 반다나를 꺼내 얼굴에 둘렀다. 희나는 숫자들이 급습했는가 싶어 섬뜩해졌다.

"내 자리를 호시탐탐 노리고 있는 친구가 있거든. 소개해줄게. 이름은 아라."

얼굴께로 강렬한 조명이 쏟아져 희나가 손바닥으로 눈을 가렸다. 그를 눈부시게 한 빛의 근원은 허공에 떠올라 있던 비행물체의 헤드라이트였다. 전동킥보드를 닮았으나 앞뒤 양옆 어디를 살펴봐도 바퀴 비슷한 것이라곤 달려있지 않은 탈것. 검은 단발머리의 여자가 그것의 손잡이를 쥔 채로 발판을 디디고 서있었다. 보라색 점퍼에 물 빠진 보이프렌드진을 받쳐 입은 매무새는 비교적 평범했지만, 큼지막한 고글을 써서 얼굴 대부분을 감추고 있다는 점만큼은 범상치 않아 보였다.

정체를 숨기는 방법도 여러 가지군, 희나는 생각했다.

"지난번에는 뒤도 안 돌아보고 도망치더니. 웬만큼 회복됐나 봐?"

제인이 선제공격을 날렸다.

"약 조금 바르면 되는 정도 가지고."

아라가 방어했다.

"지금 타고 있는 건 뭐야? 저번처럼 기술자를 괴롭혀서 얻어낸 거야?"

"정당한 보수를 지불하고 구입한 물건이야. 네가 감속기를 받아냈을 때와 정확하게 같은 방법을 썼지. 나중에 기술자 만날 일 있으면 물어봐."

제인은 허리에 손을 얹고 이전에 비해 곱절은 빠른 속도로 껌을 씹었다. 아라가 희나를 가리키며 물었다.

"얘가 새로운 장난감인가?"

"알아봐 줘서 고맙군."

제인이 은근슬쩍 희나의 앞을 막았다. 그러거나 말거나, 아라는 비행보드를 몰아 거침없이 희나의 측면으로 다가들었다. 아라가 희나를 관찰했다.
그 눈길이 희나는 께름칙했다. 아라가 턱을 문지르
며 중얼거렸다.

"저번의 그 남자는 귀엽기라도 했지. 이번은,
음⋯."

뭐? 저번의 그 남자라고? 희나가 미간을 좁혔
다.

"남의 인간관계에는 신경 끄시지?"

제인이 또 한 발짝 옆걸음질해 아라를 막아섰
다. 아라가 눈치 빠르게 비행보드를 움직이며 희나
에게 말을 걸었다.

"저기. 제인이 그 남자를 어떻게 만났는지 궁
금하지 않아? 내가 말해줄 수도 있는데."

"그건 내가 허락 못 하지."

제인이 싸울 태세를 갖추었다. 그러나 그는 한
가지 변수를 계산에서 빠뜨렸으니, 희나가 불필요
한 순간 지나치게 적극적으로 구는 사람이라는 점
이었다.

"안녕하세요, 저는 제인을 취재하려고⋯."

아라는 먹잇감을 낚아채는 날짐승 같았다. 희

나가 앞으로 박차고 나오기 무섭게 날렵한 몸동작으로 그에게 덤벼들었다.

"이렇게 쉽게 걸려들 줄은 몰랐는데."

아라가 희나의 멱살을 틀어쥐고 비행보드를 밀어올렸다. 희나는 목덜미의 잔털이 한꺼번에 곤두서는 것을 느꼈다.

"멍청아. 네가 궁금해해야 할 건 그게 아냐. 그 남자가 왜 제인을 떠났느냐지. 내가 그 남자를 어떻게 고문했느냐면…."

그 즉시 아라의 왼뺨이 일그러지면서 벌어진 입술 새로 핏방울이 튀었다. 아라의 얼굴에 내리꽂힌 건 주먹이었다. 조그마하되 단단한 제인의 오른주먹.

아라가 울분에 찬 비명을 지르며 멀리로 나가떨어졌다. 희나는 자신이 제인의 팔 안에 들어와 있다는 걸 알아차렸다. 희나가 궁금해 죽겠다는 듯 물었다.

"그래서요. 그 사람이랑은 무슨 사이였어요?"

"…구해주지 말걸 그랬어."

제인이 허탈하게 중얼거렸다. 희나가 굴하지

않고 또 한차례 맹렬한 질문 공세를 펼치려는 찰
나, 폭음과 함께 그의 등 뒤에서 섬광이 폭발했다.
제인의 동공이 이상할 만큼 팽창해 있었다. 희나는
공포에 사로잡혀 굼뜨게 뒤를 돌아보았다.

　희나가 예상한 대로였다. 거기에는 제인의 자
리를 호시탐탐 노리고 있다는 친구, 아라가 심술궂
은 미소를 머금은 채로 떠올라 있었다. 그의 손에
는 카메라의 스트로보를 닮은 직육면체의 물건이
들려있었다.

　"제인이 워낙 기절광선에 약해서 말이지. 기
술자를 협박해 새 무기를 받아온 보람이 있네."

　제인의 눈까풀이 내리덮이는가 싶더니, 희나
의 팔을 붙든 손가락이 느슨해졌다.

　"아, 안 돼."

　희나가 기겁하며 제인에게 달라붙었다.

　"눈을 떠봐요. 정신 좀 차려보라고요."

　희나는 제인과 자신이 추락하기 직전임을 깨
달았다. 그들의 발아래는 허공이었고, 그 아래, 까
마득한 끝은 지면이었다. 제인이 정신을 잃은 이
상, 그들을 비상하게 만드는 슈퍼파워는 더는 존재

하지 않았다.

"일어나 봐요, 제인, 제인!"

"소용없을걸?"

그들 옆에서 아라가 같은 속도로 천천히 비행 보드를 하강시켰다.

"미즈 글루미가 왜 쟤를 선택했는지 도대체 모르겠다니까."

두려움 속에서 곤두박질하면서도 희나는 지지 않고 악을 썼다.

"꺼져, 이 악당아!"

"그거 나한테 할 말은 아닌 것 같은데."

아라가 키득거렸다.

"너야 조금 억울하겠지만 친구 잘못 만난 탓이라고 생각해."

희나가 제인의 티셔츠에 낯을 묻고 코를 훌쩍거렸다. 추락하는 속도가 조금씩 빨라지고 있었다. 바람 소리가 섬뜩하도록 날카로웠다. 그래도 울지는 않을 거야, 희나가 다짐했다. 비명을 지르지도 않을 거야.

그들은 타다 만 유성처럼 사선으로 허공을 비

껴 내렸다. 초고층 오피스텔 옆을 스쳐 지나 지면에 급속도로 가까워졌다. 제인을 안은 채로 희나가 질끈 눈을 감았다.

"더 못 놀아줘서 미안. 멀리 안 나갈게."

아라가 스로틀을 당기려는 찰나. 팔 하나가 그의 목에 휘어 감겼다.

"놀아주기는 무슨."

언제부터였을까, 제인은 깨어나 있었다. 흰자 위에 시뻘겋게 핏발이 서있기는 했지만, 부릅뜬 눈에 적의를 담아 아라를 쏘아보고 있었다.

"기술자한테 못 들었나 봐? 기술자가 근래 백신을 하나 개발했는데 말이야. 네 생각에는 그게 무슨 백신일 것 같냐."

아라는 목이 졸려 컥컥거렸다. 버튼 눌리는 소리가 들리는 데 이어, 제인이 그의 입속으로 감속기를 욱여넣었다.

"이번에는 약 조금 바르는 것 가지고는 어림도 없을 것 같은데."

제인이 아라를 걷어차 비행보드에서 떨어뜨렸다. 그리곤 희나를 당겨 발판을 딛고 서게 만든 후에 스로틀을 비틀었다. 아라는 인근 공원에 머리부터 내리꽂혔다. 건너편 인도에서 버스킹을 준비하던 밴드의 멤버들이 악기며 음향기기를 챙길 새도 없이 달아났다. 무지갯빛 연기를 뚫고 제인과 희나는 하늘 높이 솟구쳐 올랐다.

다음 순간, 둘은 비행보드를 던져버리고 인근 다가구주택의 지붕에 드러누워 있었다. 그 밤의 달은 크고 둥글었으며 매우 붉었다. 제인이 허탈한 웃음을 터뜨렸다.

"빌런도 쉬운 직업은 아닌 것 같지?"

그 질문의 어디가 그렇게 슬펐는지, 희나는 마침내 참고 있던 눈물을 쏟아내고 말았다.

"이러지 마. 안 그래도 머리가 지끈거리는데."

투덜거리기는 했지만, 제인은 은근슬쩍 팔을 뻗어 희나의 머리를 만져주었다. 희나의 울음은 짧았다. 손등으로 눈물을 훔친 희나가 바지 주머니에서 티슈를 꺼내 코를 풀었다.

그로부터 한참 동안 그들은 미동도 없이 같은 자세로 별들을 올려다보았다. 둘 중 누구도 쓸데없는 감상을 늘어놓아 어렵게 얻은 정적을 깨뜨리는 실수를 범하지 않았다. 희나가 아랫배에 얹은 손가락을 꼼지락거렸다. 자동차 경적 소리가 여러 겹의 반향을 일으키며 메아리쳤다. 도심지를 흐르는 공기에서는 매캐한 냄새가 풍겼다.

희나가 눈까풀을 내리깔며 만족스러운 날숨을 쉬었다. 정말이지 완벽한 금요일 밤이야.

희나가 미소를 머금은 채로 다시 눈을 떴을 때, 빌딩과 빌딩 사이 높은 곳에 빛으로 만들어진 표지가 번뜩이고 있었다. 희나가 상체를 일으켰다. 그는 지금 이 도시에 사는 모두가 같은 곳을 응시하고 있으리라는 걸 직감했다. 대문자 H가 폭죽처럼 작렬했다. 히어로의 상징.

그건 히어로가 보내는 경고이자 선언이었다. 그는 제인은 물론이고 이 도시의 주민들 모두에게 알리고 있었다. 자신의 등장을.

"연습 게임은 끝났어."

제인이 일어났다. 파리한 낯에는 아직 핏기가

돌아오지 않았다. 제인이 포장지를 벗긴 풍선껌을 입속에 던져넣었다.

"큰 힘에는 더 큰 힘으로 맞서야 하는 법이지."

제인이 반다나를 끌어올리며 희나를 돌아보았다. 그 위로 드러난 검은 눈동자. 결연한 표정.

"네 눈으로 직접 확인해 봐. 이 세상에 히어로는 없다는 걸. 오로지 빌런만이 존재할 뿐이야."

작별 인사를 건넬 여유도 없었다. 제인은 준비 자세도 취하지 않고 소리 없이 상공으로 박차고 올랐다.

이건 어쩌면 인간을 초월한 존재들의 싸움일 거야. 미간에 주름을 잡은 채로 희나가 제인이 떠나간 곳을 우러러보았다. 세찬 바람과 함께 먹구름이 몰려오고 있었다. 의식하지 못하는 사이 희나의 호흡이 가빠졌다. 희나가 떨리는 손으로 바닥을 짚으며 후들거리는 다리를 세웠다.

더는 망설일 시간이 없었다. 희나는 달려가 쓰러져 있던 비행보드를 붙들었다. 비행보드의 전원을 켜며, 다른 손으로는 황급히 바지 뒷주머니에 꽂아둔 전화기를 더듬었다.

발밑이 울리는가 싶더니, 비행보드가 비상했다. 희나가 스로틀을 돌렸다. 과열된 엔진이 웅웅거렸지만, 희나는 조금도 두렵지 않았다.

희나는 그제야 자신에게 주어진 사명이 무엇인지 깨달을 수 있었다. 그건 가히 운명론적인 확신이었다. 까마득한 저편에서 힘들이 소용돌이치고 있었다. 그 한 점을 향해 희나가 전속력으로 돌진했다.

희나가 휴대전화를 들고 녹화버튼을 눌렀다.

후리지 않다

정용선

저택에서 파티를 즐기던 나혁은 귀에 꽂아둔 이어폰으로 신호가 오자 슬쩍 자리를 떴다. 삼십 대 후반임에도 균형 잡힌 몸매와 고생이라곤 전혀 안 한 것 같은 깨끗하고 하얀 얼굴이 그의 부티를 그대로 드러냈다. 사람이 없는 테라스로 나온 나혁은 안주머니에 넣어둔 롤러블 디스플레이 패드를 꺼내서 펼쳤다. 경찰중앙통제센터에서 넘어온 정보들을 본 나혁은 이어폰을 눌러서 센터에 있는 오퍼레이터 승연을 호출했다.

"타깃 현재 위치는?"

"도로를 타고 의정부 쪽으로 이동 중입니다. 개성으로 가는 거 같아요."

"고향으로 돌아가는 건가?"

"아무 생각이 없겠죠."

승연의 얘기를 들은 나혁은 피식 웃었다.

"그럼 사냥을 시작해볼까? 곧 갈 거니까 탱크1과 블랙스쿼드 준비해."

"고작 세 명인데 블랙스쿼드까지 출동시키게요?"

짜증 섞인 승연의 반박에 나혁은 한술 더 떴다.

"그리고 촬영용 드론은 한 대 더 띄워. 엑소 슈트 기어는 테스트 중인 화랑 12호로 할게. 아웃."

통신을 마친 나혁은 복도 끝에 있는 비밀의 방으로 들어갔다. 세상 사람들에게는 아버지가 수집한 골동품을 보관한 장소로 알려져 있지만, 이곳에는 숨겨진 기능이 하나 더 있었다. 국보로 지정된 황금 불상 뒤편에 선 나혁이 벽에 붙은 작은 구멍에 눈을 맞췄다. 그러자 무미건조한 기계음이 들렸다.

"안구 인식 확인 완료."

발밑이 스르륵 움직이면서 지하 기지로 내려갔다. 나혁의 앞에는 커다란 금속 문이 나타났고, 이번에도 안구 인식을 이용해서 통과했다. 그러자 거대한 공간이 나왔는데 한쪽에는 각종 디스플레이들이 있었고, 다른 한쪽에는 자동차와 오토바이, 수직 이착륙기 들이 보였다. 디스플레이들을 조작하고 있던 승연이 외쳤다.

"준비 끝났습니다."

"바로 출발한다. 블랙스쿼드는?"

"이미 출동 명령 내렸습니다. 중간에 합류할

겁니다."

"놈들을 계속 추격하고, 내가 갈 때까지 손대지 말라고 경찰에 연락해."

"안 그래도 해뒀는데 아예 접수도 안 됐대요."

"왜?"

"고작 세 명이니까요. 죽은 사람도 한 명밖에 없어서 경찰이 아예 접수도 안 받았답니다."

"개판이군."

승연과 얘기를 나누는 사이, 기계를 담당하는 오스카가 다가와서 강화 외골격과 금속제 방탄 플레이트가 결합된 엑소 슈트와 각종 정보를 전달받을 수 있는 대형 안테나가 달린 방탄 헬멧을 차례차례 입혀준 뒤, 엄지손가락을 치켜세웠다. 가슴에 붙은 도깨비 로고를 본 나혁이 중얼거렸다.

"멋있는데?"

"지난달에 마감한 엠블럼 공모전 최우수 작품이에요."

승연의 얘기를 들은 나혁이 대답했다.

"쩌네. 상금 말고 인센티브도 지급해."

그 사이 최근 개발된 군용 장갑차의 시제품을

개량한 탱크1이 지하 주차장에서 올라왔다. 경찰의 눈치가 보여서 기관총까지는 설치하지 못했지만 나머지 장비와 기능 들은 군용 장갑차와 똑같았다. 자율주행 기능까지 있어 직접 운전할 필요가 없는데도 그는 운전석에 앉았다. 탱크1이 진입로에 들어서자 외부로 나가는 통로의 문이 열렸다. 경광봉을 든 로봇이 좌우에서 길을 잡아줬다.

"출발할까요?"

"오케이."

잠시 후, 탱크1이 서서히 속도를 높였다. 엔진을 개량해서 200킬로미터까지는 끄떡없었고, 오퍼레이터들이 최단 경로를 입력시켰기 때문에 추격은 별문제 없었다. 의자를 눕히는데 승연의 목소리가 들렸다.

"혹시 몰라서 신호등도 미리 조작해놨습니다."

"고마워. 접촉 예정시간은?"

"39분 후입니다. 블랙스쿼드는 28분 후 접촉 예정입니다."

"그럼 한숨 잘 테니까 깨워줘."

알겠다는 대답을 들은 나혁은 눈을 감았다.

모든 것의 시작은 통일이었다. 15년 전, 남한과 북한은 물론 주변 국가들도 예상치 못한 채 진행된 통일은 희망과 절망, 꿈과 좌절을 한꺼번에 선사했다. 북한의 자원을 개발하기 위해 대기업이 발 빠르게 움직였고, 이후 각종 인프라 구축을 위한 사업들이 실현되면서 많은 사람들이 기회를 얻었다. 일부는 일확천금의 꿈을 이뤘지만, 갑작스럽게 개방된 휴전선으로 수백만 명의 북한 난민들이 남한으로 넘어왔고 북한에 남은 사람들도 갑작스럽게 들이닥친 이주민 때문에 큰 충격에 빠졌다. 자본주의 질서가 빠르게 자리 잡은 한반도에서 북한 사람들은 자연스럽게 이등 국민이 되었고, 그들은 곧 자신들만의 방법으로 저항했다. 통일로 목돈을 번 사람들이 흥청망청 축배를 드는 동안, 다른 한쪽에서는 가난하고 원한에 넘친 사람들끼리 총구를 겨누고 있었다.

대한민국이 흡수통일하면서 해산시킨 북한군에게서 수백만 자루의 자동소총과 권총, 수류

탄, 7호 발사관 들이 유출되었다. 그러면서 구멍가
게 강도들조차 권총을 가지게 되었다. 경찰이 감
당할 수 없을 정도로 치안이 악화되면서 군대까지
동원되었지만 역부족이었다. 그런 상황에서 등장
한 것이 바로 '초인'들이었다. 신무기로 무장한 그
들은 무장 강도들을 물리치는 자경대 역할을 했다.
정부는 '초인 활동법'을 통과시켰다. 그리하여 초
인들이 정부의 인증을 받으면서 공식적으로 치안
유지 활동에 참여할 수 있게 된 것이다. 작금은 공
권력보다 초인들의 영향력이 더 세졌고, 회사들이
홍보를 위해 초인을 마스코트로 내세우는 일도 생
겼다. 그리고 그들의 활약상을 잘 포장한 마케팅
영상도 활발하게 퍼져나갔다. 덕분에 한동안 거리
에는 초인들이 흘러넘쳤다. 새마을 모자를 쓰고 깃
발을 휘두르고 다니던 '새마을맨'이 대표적이었다.
사라진 아버지 역시 그런 초인 중 한 명이었고, 나
혁이 그 뒤를 이어서 초인으로 활동하고 있었다.

　　나혁은 사라진 아버지에게 복수하기 위해 초
인이 되는 길을 택했다. 겉으로는 아버지의 뜻을
이어받는 것이라고 했지만 속사정은 전혀 달랐다.

돈과 명예를 좇느라 가정을 제대로 돌보지 않은 아버지에 대한 복수. 나혁은 어린 시절 자신에게 아무런 관심도 없이 그저 돈으로만 모든 문제를 해결한 아버지를 떠올리며 마음먹었다.

'아버지가 그렇게 필사적으로 모아놓은 돈, 제가 다 탕진하겠습니다.'

처음에는 유흥이나 하며 허튼 곳에 전부 투자해서 날릴 생각이었다. 하지만 생각지도 않은 문제가 생겼다. 아버지의 시체는 발견되지 않았고, 사망 처리를 하지 못하는 바람에 나혁에게 유산이 상속되지 않은 것이다. 그래서 초인으로 활동하면서 활동 자금을 명분으로 아버지의 재산을 축내기로 결정한 것이다.

시간이 다 되었는지 승연의 목소리가 들려왔다.

"잠시 후 블랙스쿼드가 합류합니다."

눈을 뜬 나혁이 기지개를 켜는 사이, 블랙스쿼드 소속의 차량들이 모습을 드러냈다. 통일 이후 찾아온 혼란은 초인과 더불어 사설 경비대의 탄생과 성장을 가져왔다. 웬만한 상점과 은행, 납치 위협이나 협박에 시달리는 부자 들은 자동소총과 권총으로 무장한 사설 경비대를 채용했다. 블랙스쿼드는 남북한 특수부대 출신 최고의 경비원들을 보유한 회사였고, 나혁의 아버지 역시 개인 경호를 맡겼던 곳이기도 했다.

그때, 차량 통신기에서 익숙한 목소리가 들렸다.

"도깨비맨! 여기는 블랙22입니다."

"블랙22 잘 들립니다. 목표물에 대한 정보는 들으셨습니까?"

"오퍼레이터에게 전달받았습니다. 어떤 식으로 처리하실 겁니까?"

"촬영하기 좋은 곳에 세우고 총질 적당히 한 다음에 제가 잡는 걸로 하겠습니다."

"알겠습니다. 26킬로미터 전방에 탁 트인 지방국도가 나옵니다. 주변에 민가가 없어서 총기 사용이 자유로울 것 같습니다."

운전석 옆에 부착된 디스플레이 모니터에서 목표물이 탄 차량과 주변의 위치가 나타났다.

"확인했습니다. 야간이니까 눈에 띌 수 있게 예광탄을 주로 사용해주십시오. 그리고 마지막에는 제가 처리해야 하니까 지난번처럼 절대로 명중시키면 안 됩니다."

무전기 너머로 쓴웃음이 들렸다.

"지난번 그 친구는 정직 처리했습니다. 이번에는 베테랑들만 데려왔으니까 염려 마십시오. 통신망 공유하겠습니다."

"그럼 믿겠습니다. 아웃."

통신을 끝낸 나혁은 헬멧을 잠시 벗고 머리를 긁적거렸다. 그러면서 모니터로 목표물을 뚫어지게 바라봤다. 아래쪽에는 경찰 정보망에 걸린 그들의 정보가 올라왔다.

"박찬 29세, 개성 출신. 강동식 33세, 개성 출신. 김연섭 33세, 개성 출신."

갑작스러운 통일은 북한 주민들에게 적응할 시간을 주지 않았다. 남한에서도 급변하는 상황에 적응하지 못하고 밀려난 사람들이 속출했다. 북한을 개발해야 한다는 명목으로 사회보장 관련 비용이 대규모로 삭감되었기 때문이다. 빈부 격차와 지역 차별은 갈등을 폭발시켰고, 북한에서 풀린 총은 그런 갈등을 피로 씻게 만들었다. 일당을 떼어먹은 건설회사 사장 일가족을 총으로 몰살해버린 일용직 노동자나, 갑질 하는 손님을 총으로 쏴버린 식당 종업원의 이야기는 기삿거리도 되지 않을 만큼 흔해졌다. 하지만 사람들은 나날이 발전하는 경제와 높아져가는 빌딩, 그리고 악당들을 때려잡는 초인들에게 열광하는 것으로 그런 어둠을 외면했다.

'초인이 히어로라고? 참….'

남북한 갈등을 내세워 자신들의 이익을 챙기는 정치인들과 거기에 빌붙어서 이익을 챙기던 아버지가 떠올랐다. 그는 언젠가 초인 비리 자료를 모아 폭로함으로써 아버지의 재산뿐만 아니라 명예까지 추락시킬 계획이었다. 하지만 자신도 초인으로 활동하면서 묘한 자부심과 긍지가 생겨났다. 사명감 때문에 하는 일은 아니지만 어쨌든 사람들의 목숨을 살려주고 범죄를 막고 있으니까.

그러는 사이, 3인조 무장 강도가 탄 자동차가 보였다. 깊은 밤인 데다가 가로등조차 없는 도로라서 지나가는 차량이나 사람은 보이지 않았다. 블랙

스쿼드 소속 차량들이 속도를 높여 뒤를 따라잡았
고, 블랙22의 목소리가 통신망을 타고 들려왔다.

"접촉 20초 전입니다. 1호차가 앞을 막고, 2호
차와 3호차가 뒤쪽을 막습니다. 4호차는 백업을
담당합니다. 각자 실수 없이 마무리해주시기 바랍
니다."

속도를 높인 블랙스쿼드 차량 한 대가 무장
강도들의 차량을 앞질러 갔다. 그리고 브레이크를
잡으면서 차량을 옆으로 돌려 2차선 도로를 막아
버렸다. 양쪽은 논밭인 데다가 경사가 있어 무장
강도들의 차량은 급브레이크를 밟고 멈춰 설 수밖
에 없었다. 그들은 후진하려고 했지만 뒤따른 차량
들이 막아서면서 앞뒤로 포위되었다.

"탱크1. 정지."

음성을 인식한 탱크1이 스르륵 멈췄다. 차에
서 내린 블랙스쿼드 대원들이 보였다. 모두 미군
이 채택한 M-18 자동소총으로 중무장했다. 그리
고 헤드 캠과 보디 캠을 장착한 상태였다. 때맞춰
도착한 촬영용 드론이 꼼짝도 못하게 된 무장 강
도들의 모습을 비췄다. 초보인지 얼굴조차 가리지

못한 그들의 표정에는 당혹감과 두려움, 긴장감이 뒤엉켜 있었다. 무기를 버리라는 경고 방송이 나갔지만 음량이 낮아서 제대로 들리지 않았을 것이다. 경고 방송을 듣고 진짜로 무기를 버리면 극적인 연출에 문제가 되었기 때문이다. 긴장감이 극에 달하자 무장 강도 중 한 명이 북한군이 쓰던 68식 보총을 난사했다. 그걸 시작으로 다른 두 사람도 각각 앞뒤를 막고 있는 블랙스쿼드 대원들을 향해 총을 쏴대기 시작했다. 그걸 본 나혁이 주먹을 불끈 쥐었다. 총 한 방도 못 쏘고 맥없이 끝나지는 않을 것이다.

"오케이!"

총격을 받은 블랙스쿼드 대원들도 반격에 나섰지만 일부러 빗나가게 조준했다. 탱크1에서 내린 나혁은 헬멧을 쓰고 천천히 걸어갔다. 머리 위로 강도들이 쏜 총알이 휙휙 지나갔다. 그렇게 잠시간 총격전이 이어지도록 지켜보다가 통신기로 블랙22를 호출했다.

"이제 제가 움직이겠습니다."

"알겠습니다. 사격 중지! 사격 중지!"

곧 블랙스쿼드 대원들의 사격이 멈췄다. 천천히 달리기 시작한 나혁은 엑소 슈트 기어의 점프 부스터 기능을 이용해 블랙스쿼드 차량을 훌쩍 뛰어넘었다. 불쑥 나타난 나혁을 본 무장 강도들이 일제히 총격을 가했다. 날아오는 총탄을 감지한 헬멧에서 안면 보호구가 자동으로 내려왔고, 양쪽 팔에 접혀진 채 부착된 방탄 실드가 펴졌다. 탕탕거리며 튕겨 나간 총탄들이 어둠 속으로 자취를 감췄다. 적당히 총알을 맞아주면서 버티던 나혁은 대시 부스터 기능을 이용해서 그들을 향해 달려갔다. 엄청난 속도에 놀란 그들의 표정을 본 나혁이 중얼거렸다.

"놀라긴."

순식간에 접근한 나혁은 있는 힘껏 자동차와 부딪쳤다. 요란한 굉음과 함께 자동차가 주르륵 밀리자 안에 타고 있던 세 명의 무장 강도들은 정신을 차리지 못했다. 여유롭게 다가간 나혁은 엑소 슈트 기어의 파워 링크 기능을 이용해서 자동차를 들어 올렸다. 세 사람의 비명이 들리는 가운데 차량은 그대로 뒤집어졌다. 자동차의 앞 유리창이 요란한 소리와 함께 깨져나갔다. 거기로 피투성이가 된 강도 한 명이 기어 나왔다. 피범벅이 된 얼굴로 주변을 돌아보던 그가 다가오는 나혁을 보고는 백두산 권총을 겨눴다. 하지만 나혁이 엑소 슈트 기어의 부스터 대시 기능을 이용해 한발 빨리 다가가서는 발목을 걸어찼다.

"으윽!"

균형을 잃은 강도는 권총을 떨군 채 그 자리에 넘어졌다. 나혁은 쓰러진 채 권총을 집으러 기어가는 강도의 발목을 질끈 밟았다. 뼈가 으스러지는 소리와 함께 고통에 못 이겨 온몸을 부르르 떨던 강도가 그를 올려다봤다. 나혁이 힘을 줬던 발을 슬쩍 떼면서 물었다.

"초인 처음 봐?"

"이, 이름이 뭐냐?"

힘겹게 묻는 상대방에게 나혁이 대꾸했다.

"후레자식맨."

대외적으로는 도깨비맨으로 활동하지만 나혁은 후레자식맨이라는 이름을 더 좋아했다. 나혁의 대답을 들은 강도는 그대로 기절해버렸다. 한숨을

쉰 나혁이 돌아서서 손짓을 하자 지켜보던 블랙스
쿼드 대원들이 달려왔다. 촬영용 드론이 그 모습을
잡기 위해 낮게 내려오면서 로터 소리가 들렸다.
탱크1로 돌아온 나혁은 음성으로 지시를 내렸다.

"귀환."

자율주행 모드가 설정된 탱크1이 곧바로 움
직였다. 기지로 돌아오는 동안 블랙22로부터 강도
들을 모두 경찰에 인계했다는 연락이 왔다. 나혁은
수고했다는 말과 함께 승연에게 비용을 청구하라
는 말을 남기고는 다시 눈을 붙였다.

그가 눈을 뜬 것은 탱크1이 기지로 돌아왔을
때였다. 밖으로 나온 나혁은 갑갑했던 헬멧을 벗어
오스카에게 던져주고는 휴게실로 향했다. 준비된
에너지드링크를 쭉 들이켜는데 승연이 들어왔다.
롤러블 디스플레이 패드를 손에 든 그녀에게 나혁
이 물었다.

"얼마 들었어?"

"블랙스쿼드 출동 비용이 12퍼센트 인상되었습니다. 명목은 위험수당이랑 보험료 때문인데 협상을 통해서 적정하게 내릴 생각입니다."

"그냥 12퍼센트 인상한 비용으로 줘."

"나머지는 탱크1 개조 비용과 화랑 12호 테스트 비용이 가장 많이 차지합니다."

"화랑 12호는 다 괜찮았는데 헬멧이 너무 갑갑했어. 공기 순환 기능을 좀 추가시켜달라고 해."

"연구소에 전달하겠습니다. 그리고 기지 체류 인원의 야근 비용이 추가됩니다."

"그래서 이번 출동 비용이 얼만데?"

"총 22억 4000만 원입니다."

신이 난 나혁이 에너지드링크를 마저 들이켜며 말했다.

"그래? 아버지 재산을 그만큼 까먹은 셈이군."

"아뇨, 46억 8000만 원이 늘었습니다."

"뭐라고?"

어안이 벙벙해진 나혁에게 승연이 롤러블 디스플레이 패드의 화면을 보여줬다.

"신의주 고속도로가 매각되면서 아버님이 투

자한 지분만큼의 비용이 들어왔습니다. 그리고 다음 달에 나진항 증설 공사가 완공되면 역시 지분이 들어올 예정입니다."

"젠장."

화가 났지만 화를 낼 수도 없는 우스꽝스러운 상황에 나혁은 고개를 절레절레 흔들었다. 분위기를 살핀 승연이 재빨리 밖으로 나갔고, 홀로 남은 나혁은 소파에서 일어나 벽으로 향했다. 그곳에는 종적을 감춘 아버지의 사진이 붙어있었다. 녹색 마스크를 손에 든 아버지의 얼굴은 늘 그렇듯 희열에 가득 차있었다. 세상을 아래로 내려다보는 오만함과 함께.

"아버지."

중소기업을 운영하던 아버지의 삶 역시 통일에 의해 극적으로 변했다. 작은 규모의 하도급 건설업체를 근근이 운영하던 아버지는 초창기 북한 개발 사업에 뛰어들면서 돈벼락을 맞았다. 다들 위험하다고 주춤할 때 뛰어든 것이 결정적이었다. 그후, 승승장구한 아버지는 북한 각지의 땅을 사들

였고, 개발 사업으로 인해 가격이 오르면서 천문학
적인 돈을 벌었다. 그렇게 번 돈을 정관계에 뿌리
면서 일종의 커넥션이 만들어졌다. 그렇게 통일 후
10년 사이에 아버지는 대한민국에서 손꼽히는 부
자이자 권력가가 되었다. 나서기 좋아했던 아버지
는 초인으로 활동하기 시작했다. '저스티스맨'이
라는 굉장히 직관적인 이름은 복잡한 걸 싫어하는
아버지다운 작명 센스였다.

　그런 아버지가 갑자기 사라진 것은 5년 전이
었다. 대통령 선거를 둘러싼 갈등이 불거지면서 아
버지의 이름이 언론에 노출된 것이다. 밤의 대통령
이라느니, 초인의 탈을 쓴 비선실세라느니 하는 얘
기들이 오가는 가운데 아버지는 갑자기 종적을 감
춰버렸다. 그리고 아버지의 재산과 권력은 고스란
히 외아들인 나혁이 물려받았다. 얼마인지도 모를
막대한 재산과 정관계 곳곳에 있는 친구들, 그리고
아방궁이라는 별칭으로 불리는 커다란 저택과 그
것을 관리하는 인공지능을 남기고 말이다.

　"아무리 돈을 써도 줄어들지가 않네요."
　초인으로 활동하면서 돈을 펑펑 썼지만 아버

지가 여기저기에 사들인 부동산이 개발되면서 저
절로 수익이 발생했다. 생각 같아서는 확 기부해버
리고 싶었지만 아버지가 죽었는지 살았는지 알 수
없는 상황이라, 재산 관리는 아버지가 미리 지정해
둔 대리인들로 구성된 이사회에서 결정했다. 나혁
이 할 수 있는 건 다양한 방식으로 탕진하는 것뿐
이었다. 쓴웃음을 지으며 아버지의 사진을 들여다
보던 나혁은 휴게실을 나섰다. 저택에서는 아직 파
티가 한창인지 음악소리가 희미하게 들렸다. 그래
도 얼굴은 비춰야겠다는 생각에 비상 엘리베이터
에 오른 나혁은 비밀의 방 문을 열고 복도로 나왔
다. 복도에서는 무표정한 얼굴로 김 비서가 기다리
고 있었다.

"나갔다 오셨군요?"

김 비서의 물음에 나혁은 대답 대신 고개를
끄덕거리고는 파티장으로 향했다. 그러면서 옆에
따라붙은 김 비서에게 물었다.

"내일 일정은?"

롤러블 디스플레이 패드를 펼친 김 비서가 차
가운 목소리로 말했다.

"오전 10시에 이사회와 화상회의가 있고, 오후 3시에는 인터뷰가 있습니다."

"어디?"

"새한일보라는 곳입니다. 기자가 이곳으로 올 겁니다."

"그런 듣보잡 신문은 왜?"

"북한 출신 지식인들이 만든 신문입니다. 북한 지역의 각종 개발 사업 때문에 어느 정도 다독거려 줄 필요가 있다는 게 이사회의 판단입니다."

"그런 건 당사자인 나한테 물어봤어야죠."

"어차피 거절하셨을 거라 이사회에서 그냥 진행했습니다."

"환장하겠군."

나혁의 가시 돋친 말에 김 비서는 금속테 안경을 쓱 끌어올리며 대답했다.

"최대한 짧게 진행되도록 하겠습니다."

더 이상 얘기가 통하지 않겠다고 생각한 나혁은 화제를 돌렸다.

"아버지 소식은?"

"없습니다."

"이상하네. 외국으로 나간 흔적은 없고, 북한 어딘가 있을 텐데 이사들이랑 김 비서가 못 찾는 게 말이 안 되잖아요?"

질문을 받은 김 비서가 쓴웃음을 지었다.

"회장님이라면 가능하죠."

"어딘가에 묻혀있는 건 아니겠죠? 워낙 비밀을 많이 알고 있어서 그러기를 바라는 사람이 한둘이 아닐 텐데요."

"회장님은 자존심이 강해서 곱게 묻힐 분이 아닙니다."

아버지의 실종은 온갖 소문으로 이어졌다. 약점을 잡힌 정치인들이 사주해서 생매장을 시켰다느니, 부하 직원들이 반란을 일으켜서 제거하고 시신을 처리했다느니 하는 게 대표적이었다. 삼류 언론에서는 아버지 실종의 배후 인물을 꼽기도 했는데, 그중 하나가 바로 김 비서였다. 국정원 출신으로 대북 공작에 참여했다가 아버지와 인연을 맺었다. 그 후 몇 년 동안 아버지의 그림자로 지냈다. 능력이 뛰어나서 수많은 스카우트 제의를 받았지만 일언지하에 거절했고, 아버지의 실종 이후에는 나혁의 비서로 일했다. 정확하게는 이사회와 나혁의 연결고리 역할을 하는 중이었다. 꼭 필요한 말만 하는 무표정의 끝판왕이라 속내를 전혀 짐작할 수 없는 인물이다. 롤러블 디스플레이 패드를 접은 김 비서가 파티장의 자동문 앞에 서서 고개를 숙였다.

"그럼 즐거운 시간 보내십시오."

김 비서가 나가고 자동문이 열리자 시끄러운 음악소리와 웃음소리가 한꺼번에 밀려왔다. 나혁은 참았던 한숨을 쉬었다.

다음 날, 부스스한 모습으로 화상회의를 대충 끝낸 뒤 낮잠을 자고 있던 나혁은 인공지능 알람을 듣고 일어났다. 영양제가 든 주스를 마시고 간단하게 몸을 푼 뒤 한 시간 정도 정신없이 운동을 했다. 땀에 흠뻑 젖은 몸으로 욕조에 들어갈 즈음, 기자가 현관에 도착했다는 메시지가 떴다. 화면에는 기자의 얼굴이 나타났는데 이십 대 후반의 여성이었다.

흥미를 느낀 나혁이 인공지능에게 명령했다.

"도서관에서 만날 거니까 거기로 안내해."

"알겠습니다."

욕조에서 몸을 일으킨 나혁은 몸을 씻고 옷을 입은 다음 도서관으로 향했다. 현관에서 본관까지 오려면 전기차를 타고도 30분은 걸리기 때문에 서두를 필요가 없었다. 나혁이 도서관에 도착했을 때, 오선희 기자는 선 채로 주변을 돌아보는 중이었다. 발소리를 듣고 고개를 돌린 기자가 나혁을 보고는 살짝 고개를 숙였다.

"인터뷰를 승낙해주셔서 감사합니다. 오선희 기자라고 합니다."

"편한 곳에 앉으십시오."

말은 그렇게 했지만 나혁은 먼저 소파를 차지했다. 그 앞 의자에 앉은 오선희 기자가 가방에서 수첩과 소형 녹음기를 꺼냈다.

"정확한 기사 작성을 위해서 녹취를 해야 하는데 괜찮으시겠어요?"

나긋한 목소리로 얘기한 오선희 기자에게 나혁이 어깨를 으쓱해 보였다.

"물론이죠. 진실은 중요한 법이니까요."

오선희 기자가 소형 녹음기를 켜서 테이블에 올려놓는 사이, 로봇이 음료를 가지고 들어왔다. 앞으로 다가온 로봇이 쟁반을 내밀자 오선희 기자는 잠시 주저하다가 주스를 집었다. 나혁은 영양제가 든 음료를 집고는 손짓했다. 로봇이 스르륵 뒤로 물러났다. 로봇을 물끄러미 지켜보던 오선희 기자가 수첩을 무릎에 올려놨다.

"집이 꽤 멋지네요."

"아버지가 건설업을 하셨는데 취향이 독특하셨어요. 청국장이랑 김치가 없으면 밥을 못 드시는 분인데 이상하게도 집은 이렇게 지으셨네요."

"아버님이신 심 회장님은 초창기 북한 개발 사업을 주도하셨던 사업가 중 한 명이셨는데요. 그런 아버지에 대해서 어떻게 생각하세요?"

어릴 때부터 자주 들은 질문이었지만 항상 곤혹스러운 지점이었다. 나혁은 잠시 고민하는 척하다 입을 열었다.

"잘 아시겠지만 저랑 아버지는 그다지 사이가 좋지 않았습니다. 사실 아버지와 사이좋은 아들을 찾는 건 정말 어려운 일이죠."

그가 쓴웃음을 짓자 오선희 기자가 따라서 웃었다. 음료를 한 모금 마신 나혁이 얘기를 이어갔다.

"아버지는 불도저 같은 스타일이라 주변을 돌보지 않으셨어요. 그래서 많은 적들을 만드셨고, 오해를 사셨죠. 하지만 그건 아버지가 선택한 길이라 저는 뭐라고 드릴 말씀이 없습니다."

"회장님의 실종 이후 실질적으로 사업을 물려받으셨어요. 앞으로 어떻게 운영하실지 고민해 보셨나요?"

"저는 사업에 손을 댈 수 없습니다. 아버지가 실제로 돌아가셨는지 확인이 되지 않은 상태라서 상속을 받지 못했고, 현재로서는 그럴 생각이 없습니다. 사업은 아버지가 미리 선정한 대리인들로 구성된 이사회에서 운영하고 있고, 저는 전혀 관여할 수 없게 되어있습니다."

잠깐 침묵이 흐르고 그녀가 다시 질문을 했다.

"잡지에서 최고의 신랑감으로 자주 꼽히는데요. 지금까지 결혼을 안 하신 이유가 있나요?"

"제가 최고의 신랑으로 꼽히는 건 시아버지와

시어머니가 없기 때문이 아닐까요?"

나혁이 던진 농담에 오선희가 덧니를 드러내
며 웃었다.

"사실 부모님의 결혼 생활이 그다지 행복해 보
이지 않았습니다. 사업이 잘 안 풀릴 때는 집 안에
늘 긴장감이 흘렀고, 통일 이후 사업이 잘되었을 때
는 아버지 얼굴 보기가 힘들었거든요. 어머니가 여
러 번 저 때문에 어쩔 수 없이 같이 산다는 식으로
말씀하셨던 게 기억이 납니다. 행복할 수 없다면 결
혼할 필요는 없죠. 그건 인생을 송두리째 망치는 짓
입니다."

몇 가지 질문이 더 오간 후에 초인에 관한 얘기
로 넘어갔다.

"공개적으로 초인 활동을 하고 계신데요, 그 이
유가 뭔가요?"

"아버지가 했던 일이라서요."

"방금 전까지는 아버지를 그다지 좋아하는 것
같지 않으셨는데요?"

서늘한 질문에 나혁은 어깨를 으쓱거렸다.

"미워하면서 닮아간다고 하잖아요. 아버지는

포악하고 무례했고, 무자비한 분이었지만 동시에 자기가 해야 할 일이 무언지 잘 아셨던 분이죠. 저는 어떻게 해도 아버지 아들이고 뭘 이어받을까 고민하다가 결심한 게 바로 초인 활동입니다."

속마음을 얘기했다가는 아버지의 측근인 이사회 대리인들이 어떤 반응을 보일지 몰라서 둘러대는 핑계였다.

"아버님이 초인으로 활동하면서 체포한 범인들이 대부분 북한 출신이라는 거 알고 계신가요?"

"물론이죠. 저도 비슷할 겁니다."

"왜 그런 거죠?"

"우린 총을 들고 시민을 괴롭히는 범죄자를 상대합니다. 그들의 출신은 중요하지 않습니다."

"하지만 통일 이후 북한 주민에 대한 차별과 빈부 격차로 인한 근본적인 문제는 외면하고 초인으로 눈가림을 한다는 주장이 제기되고 있습니다."

나혁은 직설적인 질문을 던진 오선희 기자를 뚫어지게 바라봤다. 아버지는 늘 북한 사람들을 믿지 말라고 입버릇처럼 말했다. 왜냐고 물으면 항상 같은 답을 했다. 싸가지가 없고 자존심만 세서 쓸모가 없다는 것이었다.

"제 질문이 기분 나쁘신가요?"

오선희 기자의 물음에 퍼뜩 정신을 차린 나혁은 소파에서 일어났다.

"아뇨. 잠깐 생각을 하고 있었습니다. 사실 통일이 갑작스럽게 이뤄졌고, 많은 사람들이 준비하지 못했으니까요. 북한 출신 주민들이 겪는 고통은 십분 이해합니다. 하지만 예전처럼 말 한마디 잘못했다고 총살당하거나 일가족이 강제수용소로 끌려가는 일은 없지 않습니까?"

그 얘기를 들은 오선희 기자의 얼굴이 굳어졌다. 북한 출신들은 예전보다는 좋은 시절 아니냐고 얘기할 때마다 격하게 반박했다. 그때는 그때고 지금은 지금이라는 반론을 들은 남한 출신들은 올챙이 적 생각 못 하고 남 탓만 한다고 짜증을 냈다. 눈에 보이는 휴전선만 없어졌을 뿐 보이지 않는 마음의 장벽은 여전히 남은 셈이다. 아랫입술을 살짝 깨문 오선희 기자가 한숨을 쉬었다.

"그렇게 생각하실 수도 있겠네요. 그럼 마지막 질문을 드리겠습니다. 초인은 히어로인가요? 빌런인가요?"

"굉장히 엉뚱한 질문이군요? 그럼 초인들이 악당이라는 얘긴가요?"

"북한 출신 주민들에게는 초인의 존재가 꼭 좋게 보이지만은 않아서요."

"그럼 총을 들고 은행과 상점을 털고 차로 사람들을 깔아뭉개는 자들이 히어로입니까? 아예 혁명을 일으키지 그래요? 비겁하게 상황 탓하면서 총질이나 하지 말고."

"당신이 물려받은 그 많은 재산들은 북한 주민들의 피와 땀이었어요."

"북한은 사회주의 국가라서 개인 재산이 없는 걸로 아는데요? 그리고 대부분은 어떻게든 적응하고 살아가려 노력하고 있잖아요. 소수의 불평가들이 그걸 악용할 뿐이죠."

"우리 신문 독자들은 그렇게 생각 안 할 겁니다."

발끈한 오선희 기자의 모습을 본 나혁은 롤러블 스마트폰을 꺼내서 김 비서에게 메시지를 보냈다. 이런 식의 과격한 저항은 오히려 초인 활동의 빌미를 제공할 뿐이다. 잠시 후, 처리했다는 답변을 확인한 그는 씩 웃었다.

"이제 그 신문은 독자들과 만날 일이 없을 겁니다."

"뭐라고요?"

"내가 방금 그 신문사를 샀거든요. 바로 폐간시켜버릴 겁니다."

"말도 안 돼요!"

나혁은 오선희 기자에게 거래가 완료되었다는 김 비서의 메시지가 담긴 롤러블 스마트폰의 화면을 보여줬다. 파랗게 질린 오선희 기자가 휴대전화를 찾기 위해 핸드백을 뒤지는 걸 본 나혁이 말했다.

"나가는 곳은 어딘지 알고 계시죠? 바빠서 배웅은 못 하니까 안녕히 가십시오."

도서관 문을 열고 나오는데 오선희 기자가 화를 내면서 소리를 지르는 게 들렸다. 기분이 좋아진 나혁은 웃으며 복도를 걸었다.

방으로 돌아온 나혁은 촬영팀이 편집해서 유튜브에 올린 어젯밤의 영상들을 확인했다. 블랙스쿼드 대원들의 헤드 캠과 보디 캠 영상에 촬영용 드론이 찍은 영상들을 짧게 끊어 자극적으로 짜깁기해 여러 편을 올렸다. 영상만 보면 블랙스쿼드가 먼저 출동해서 막아보려고 했지만 무장 강도들의 거센 저항에 쩔쩔 매는 것처럼 보였다. 그다음 나혁이 멋지게 등장해 무장 강도들을 제압하면서 끝이 났다. 손목을 무자비하게 밟거나 후레자식맨이라고 말하는 장면은 모두 나오지 않았고, 가슴팍의 도깨비만 부각되었다. 체포된 무장 강도들이 모두 개성 출신의 북한 사람이라는 자막이 떴고, 예상대로 그들을 욕하는 댓글이 주르륵 달렸다. 간혹 매도하지 말라는 댓글이 달렸지만 무시당하거나 반박당하기 일쑤였다.

"북한 욕하는 걸로 대동단결하는군."

이것이 온갖 비난에도 불구하고 정부가 초인활동법을 유지하는 이유 중 하나일지 모른다는 생각을 한 나혁은 쓴웃음을 지었다.

영리한 유튜브의 알고리즘은 초인들의 활약상을 담은 동영상을 연달아 보여줬다. 초등학생들은 유튜버 다음으로 초인이 되고 싶어 했고, 영화나 드라마를 비롯해 책과 만화의 주인공으로 초인들이 심심찮게 등장했다. 심지어 코스프레를 하는 경우도 있었다. 팬레터와 선물도 끊이지 않았다. 불치병에 걸린 아이가 마지막으로 만나보고 싶어 한다는 식의 눈물겨운 사연이 적힌 편지도 종종 날아왔다. 물론 초인을 싫어해서 온라인에 비난하는 댓글을 달거나 테러를 가하겠다는 협박을 하는 경우도 있었지만 나혁은 어느 쪽이건 깔끔하게 무시했다. 유튜브를 마저 살펴본 나혁은 기지개를 켜며 일어났다.

그 사이, 김 비서에게서 인수한 새한일보를 어떻게 할 거냐는 메시지가 왔다. 나혁은 폐간하라는 메시지를 남겼다. 김 비서가 껄끄럽기는 했지만, 가타부타 물어보지 않는 점은 좋았다. 승연으로부터 지하 기지의 인원들 모두 퇴근해도 되겠느냐는 메시지가 왔다. 어제 야간에 활동을 했기 때문에 며칠 쉴 생각이었던 나혁은 알겠다고 대답했다.

"수영이나 할까?"

본관 뒤쪽의 썬룸 수영장으로 걸어가자 인공지능이 곧장 지붕을 개방했다. 쏟아지는 햇빛이 찰랑거리는 물 위에서 반짝거렸다. 옷을 벗은 나혁은 수영복을 입고 곧장 물속으로 뛰어들었다. 수영장 통유리 바닥은 지하 헬스장과 연결되어 있어서 내려다볼 수 있었다. 아버지의 괴상한 취향의 결과물이라는 생각에 나혁은 몸을 뒤집어서 배영으로 바꿨다. 음식물 운반용 로봇이 영양제가 든 주스와 과일을 담은 쟁반을 들고 나타났다. 해가 질 때까지 수영을 한 나혁은 가벼운 저녁을 먹고 메시지와 이메일을 통해 간단하게 일을 처리했다. 가끔의 파티 빼고는 대외 활동도 거의 하지 않기 때문에 할 일은 많지 않았다. 나혁은 2층 테라스로 올라갔다. 현관 지붕을 겸한 테라스는 굉장히 넓은 편이었는데 나혁은 그곳에 흔들의자를 가져다놓고는 하염없이 바깥을 바라봤다.

통일 이후 새로 개발된 교하 외곽에 만들어진 저택은 5만 평이 넘었다. 아버지가 있을 때는 하인과 비서, 경호원이 100명 넘게 북적거렸지만 나혁은 그들을 모두 내보냈다. 그래서 저녁에는 그 넓은 곳에 인간이라고는 그 혼자 있을 때가 많았다. 김 비서는 경호원이나 상주 비서 몇 명은 그대로 두라고 했지만 나혁은 거절했다.

"인간은 원래 외로운 존재라고요."

어릴 때부터 외로움에 익숙했기에 아무렇지도 않았다. 오히려 가끔씩 열어야 하는 파티나 인터뷰, 그리고 누군가와의 만남이 더 어색하고 고통스러웠다. 히어로로 활동하는 것이 그에게는 유일한 외부 세상과의 접촉이었다.

"그것으로 충분하지."

얼핏 잠이 들었던 나혁은 자리에서 일어나 3층 침실로 향했다. 어두운 복도는 그가 걸어갈 때마다 센서가 작동하면서 불이 켜졌다가 꺼졌다. 유럽 귀족풍 침대에 들어간 나혁은 그대로 눈을 감았다. 그러자 인공지능이 짧게 대답했다.

"안녕히 주무십시오."

그는 꿈에서 아버지를 만났다. 골프를 치러 가겠다며 차를 타고 나간 아버지는 영영 돌아오지 않았다. 아버지가 타고 나간 차는 골프장이 있는 개성이 아니라 엉뚱하게도 춘천 외곽에서 발견되었다. 운전사는 뒤통수에 총을 맞아 죽은 상태였고, 뒷좌석에는 아버지의 것으로 보이는 피가 홍건했다. 대대적인 수색에도 불구하고 아버지의 시신은 끝내 발견되지 않았다. 막대한 현상금을 걸고 행방을 찾았지만 가짜 신고만 수두룩하게 쏟아졌을 뿐이다. 실종 기간이 길어지자, 사이비 종교 집단이 제물로 쓰기 위해 데려갔다느니, UFO에 의한 납치라느니 하는 허무맹랑한 가설까지 나왔다. 하지만 확실한 건 꽤 많은 사람들이 아버지의 실종을 반겼다는 점이다. 그리고 그중 하나가 바로 나혁이었다.

꿈에서 깬 것은 손목에 찬 디지털 워치의 울림 때문이었다. 짧고 강하게 울리는 것은 비상 신호였다. 침대에서 일어난 나혁이 길게 하품을 하면서 물었다.

"무슨 일이야?"

"방금 본관으로 외부 침입자가 들어왔습니다."

"뭐라고?"

놀란 나혁이 눈을 껌뻑거렸다. 본관은 테러를 두려워하던 아버지가 최첨단 감시 장치와 보호 장

치를 설치해둔 덕분에 겹겹이 보호되고 있는 중이
었다. 그래서인지 지난 5년 동안 아무 일이 없었다.
어안이 벙벙해진 나혁에게 인공지능 해모수가 말
했다.

"침입 방어 시스템 플랜 P를 발동합니다. 서
둘러 움직여주십시오."

"어, 어디로?"

"침입자가 중앙 계단으로 이동 중입니다. 이곳
으로 올 가능성이 89퍼센트입니다. 드레스 룸으로
가서 비밀 통로를 통해 아래층으로 이동하십시오."

허겁지겁 드레스 룸으로 들어간 나혁이 말했다.

"블랙스쿼드 호출하고 김 비서에게도 어서 연
락해."

"안타깝게도 침입자들이 저택 주변에 강력한
전파 방해 장치를 설치하고 통신선을 차단했습니
다. 유무선 모두 외부와의 연락이 불가능합니다."

"맙소사! 대체 누구야?"

인공지능 해모수가 드레스 룸에 있는 모니터
로 침입자들을 보여줬다. 검정색 케블라 티타늄 방
탄복에 강화 외골격인 엑소 슈트를 착용하고 머리

에는 4안식 야시경을 착용했다. 무기로는 소음기가 장착된 로니 자동소총을 지녔다. 계단을 올라오는 모습을 본 나혁이 중얼거렸다.

"숫자는?"

"카메라에 확인된 건 여섯 명이지만 백업팀이 있을 것으로 추정됩니다."

"그렇겠지. 외부도 확인해서 위치 계속 추적해줘."

"옥상 헬리패드에 비상용 드론콥터가 준비되어 있습니다."

"아니, 공중 탈출은 위험할 거 같아."

"그럼, 지하 주차장에 있는 차량을 타고 비상 탈출구를 이용하시겠습니까?"

드레스 룸 안쪽에 있는 비상 통로의 문을 연 나혁은 잠시 생각에 잠겼다. 탈출하겠다는 생각 대신 다른 계획이 떠오른 것이다.

"아니, 놈들과 싸워봐야지."

"위험합니다."

"괜찮아. 난 초인, 아니 히어로니까."

나혁의 대답에 인공지능 해모수가 잠시 침묵

을 지켰다. 아마 확률을 계산하는 중일 것이다. 이 곳에서 침입자들과 싸우려면 인공지능 해모수의 도움이 필수적이었다. 저택에 있는 센서와 카메라를 이용해서 침입자들의 동선을 파악해줘야 했기 때문이다. 잠시 후 계산을 마쳤는지 인공지능 해모수의 목소리가 들렸다.

"어떻게 도와드릴까요?"

"일단 지하 기지로 내려가야 해."

"비밀의 방으로 가야겠군요."

"놈들을 유인할 수 있겠어?"

"여기서 나가는 게 우선입니다. 침입자들이 침실에 거의 접근했어요."

화면이 바뀌면서 침실 앞 복도로 침입자들이 들어오는 게 보였다. 이리저리 총을 겨누면서 접근하는 게 보통의 강도 수준이 아니었다. 침실에 접근한 침입자들은 문고리에 작은 폭발물을 부착시켰다. 그걸 본 나혁은 서둘러 드레스 룸에 있는 비밀 통로로 들어갔다. 사람을 믿지 않았던 아버지는 저택 곳곳에 비밀 통로와 비밀 출입문을 만들어놨다. 그걸 만든 사람들을 모두 죽였다는 무시무시한 소문까지 돌 정도로 철저하게 관리했다. 아버지가 만든 비밀 통로를 몰래 찾았던 어린 시절 나혁의 호기심이 뜻하지 않게 도움이 되었다. 벽과 벽 사이의 좁은 비밀 통로는 쭉 이어졌다.

"여기로 가면 어디가 나오는 거지?"

디지털 워치를 통해 묻자 인공지능 해모수가 바로 대답했다.

"우측 통로 계단 앞에 있는 방입니다. 거기서 계단을 내려가면 바로 지하 차고로 가는 비밀 출입구가 나옵니다."

"지하 기지로 가려면 먼저 비밀의 방으로 가야 해."

"그럼 2층으로 내려가서 중앙 복도를 가로질러 가야 합니다. 문제는."

디지털 워치의 화면이 바뀌면서 복도를 보여 줬다.

"2층과 3층 사이 계단참에 침입자가 한 명 지키고 있습니다."

"조명을 어둡게 하고 통과할까?"

"4안식 야시경을 착용하고 있어서 발각될 겁

니다."

"일단 내려가볼게."

"서두르세요. 침입자들이 비밀 출입구를 찾은 모양입니다."

"젠장."

나혁이 서둘러 비밀 통로 끝까지 가서 문을 열자 창문이 하나 있는 작은 방이 보였다. 어둠에 익숙해지기 위해 잠시 서있는 사이 비밀 통로 끝에서 총소리가 들렸다. 서둘러 문을 닫고 밖으로 나온 나혁에게 인공지능 해모수가 말했다.

"3층 통로 중간에도 한 명이 있습니다. 일단 기둥 뒤에 숨으세요."

"알았어."

복도로 나온 나혁은 줄지어 선 기둥 뒤에 몸을 숨겼다. 어둠이 깔린 복도로 검정색 전투복 차림의 침입자 실루엣이 어렴풋하게 보였다. 심호흡을 한 나혁은 침입자가 반대편을 바라본다고 느꼈을 때 잽싸게 뛰었다. 바닥에 양탄자가 깔려있어서 그나마 소리가 나지 않았다. 대리석 계단의 찬 기운을 느낄 사이도 없이 후다닥 2층으로 뛰어 내려간 나혁은 벽에 바짝 붙은 채 복도를 살폈다. 시야에는 아무도 없었지만 중간 계단참에 누가 있다면 가로질러 가다가는 눈에 띌 게 뻔했다. 잠시 고민하던 나혁은 디지털 워치에 대고 속삭였다.

"1층으로 내려가서 복도를 가로질러 갈까? 거기는 침입자가 없지?"

"없습니다."

한 층 더 내려간 나혁은 커튼이 내려진 복도를 따라 천천히 뛰었다. 하지만 현관을 지날 즈음 갑자기 이상한 신호가 들렸다. 놀란 그가 물었다.

"뭐야?"

"침입자들이 동작 감지기를 설치해놓은 모양입니다."

놀랄 틈도 없이 중앙 계단에서 발소리가 들렸다. 그가 복도 끝을 향해 뛴 것과 작은 총소리가 들린 것은 거의 동시의 일이었다. 바닥에 꽂힌 탄환의 부서진 파편이 발뒤꿈치에 튀었다. 이를 악문 나혁은 복도 끝에 있는 계단까지 뛰었다. 벽에 바짝 붙자마자 다시 총알이 날아왔지만 간발의 차이로 피할 수 있었다. 소음기 탓인지 총소리는 거의 들리지 않았고, 유리창과 벽에 탄환이 튕기는 소리가 크게 들렸다. 서둘러 계단 위로 올라가는데 인공지능 해모수가 말했다.

"3층에서 양쪽 복도로 한 명씩 내려옵니다. 계단참 조각상 뒤에 숨으세요."

"오케이."

계단참에 있는 비너스 조각상 뒤에 몸을 숨긴 나혁은 쿵쿵거리는 발소리를 들었다. 잠시 후, 4안식 야시경을 쓴 침입자가 로니 자동소총을 겨눈 채 내려오는 게 보였다. 주변을 이리저리 살폈지만 조각상 뒤에 있는 나혁을 발견하지 못하고 아래로 내려갔다. 발소리가 멀어지는 걸 확인한 나혁은 발뒤꿈치를 들고 조심스럽게 2층으로 올라갔다. 계단 끝에 서서 복도를 살핀 나혁은 비밀의 방 쪽으로 뛰어갔다. 고비를 넘겼다고 생각한 나혁이 물었다.

"누굴까?"

"무장 상태나 대응 속도로 봐서 최소 티어 1급으로 판단됩니다."

"거기다 내부 구조도 어느 정도는 알고 있는 것

같아."

"저도 그게 궁금합니다."

비밀의 방으로 들어선 나혁은 전시대 뒤쪽으로 가서 지하 기지로 내려갔다. 그가 들어서자 자동으로 조명이 켜지면서 공간이 보였다. 나혁은 한쪽에 있는 엑소 슈트 기어 보관 장소로 걸어갔다. 어제 사용한 화랑 12호부터 그동안 사용하거나 실험한 엑소 슈트 기어들이 쭉 진열되어 있었다. 인공지능 해모수가 디지털 워치를 통해 조언했다.

"차량이나 오토바이를 타고 외부로 탈출하는 게 어떻겠습니까?"

"그럼 놈들이 사라질 거 아니야. 한두 놈이라도 잡아서 배후를 캐내야지."

"별로 좋은 방법은 아닌 것 같습니다만."

"나도 알아. 하지만 그럴 때도 있어야지."

대화를 나누면서 엑소 슈트 기어를 살펴보던 나혁은 걸음을 멈췄다.

"이거 마음에 드는데?"

"백골이군요. 비살상 폭도 진압용이라 적당한지 모르겠습니다."

인공지능 해모수는 난색을 표했지만 나혁은 개의치 않았다.

"비살상이라면서 왜 이렇게 이름이 무시무시해?"

"1980년대 시위 진압을 하던 사복 경찰들을 지칭하던 백골단에서 유래된 겁니다. 하얀색 오토바이 헬멧을 써서 그런 별명이 붙었습니다."

나혁은 이름의 유래에 대한 설명을 들으면서 엑소 슈트 기어를 착용했다. 혼자서 한 적은 거의 없어서 시간이 좀 더 걸리기는 했지만 어쨌든 착용하는 데 성공했다. 왼팔에는 전기 충격기인 슈퍼 테이저가 붙어있었고, 오른팔에는 비살상용 고무탄과 최루탄을 쏠 수 있는 유탄 발사기가 부착되어 있었다. 장딴지와 허리 뒤쪽에는 전기 충격기를 겸한 삼단봉이 달려있었고, 최루가스가 든 수류탄과 장치와 쓰러진 사람을 묶어둘 수 있는 케이블타이가 허리춤에 붙어있었다. 마지막으로 방독면 기능이 있는 헬멧을 쓴 나혁이 안에 달린 통신기를 이용해 인공지능 해모수를 호출했다.

"잘 들려?"

"네."

"놈들 위치는?"

"몇 군데 CCTV를 파손해서 정확한 위치 파악은 어렵지만 대략 3층에 세 명, 2층과 1층에 한 명이 확인됩니다."

"나머지 한 명은?"

"현재 파악 중입니다."

비밀의 방으로 올라가는 엘리베이터를 탄 나혁이 대답했다.

"계속 파악해줘. 일단 올라간다."

엘리베이터가 올라가는 동안 잠깐 통신이 끊겼다. 심호흡을 하며 마음의 준비를 마치고 2층으로 올라간 나혁은 시야를 가리고 있는 전시대 옆으로 나오다가 깜짝 놀라고 말았다. 눈앞에 네 개의 눈이 보인 것이다.

"뭐야!"

본능적으로 몸을 낮춘 나혁은 머리 위로 탄환이 스쳐 지나가는 와중에 그대로 상대방을 향해 몸통 박치기를 했다. 엑소 슈트 기어 덕분에 충격은 없었지만 상대방도 비슷한 걸 착용했기 때문에 넘어뜨리지 못하고 살짝만 밀어냈을 뿐이었다. 상대의 두 다리를 잡은 나혁이 힘을 주면서 몸을 일으키자 상대가 균형을 잃고 넘어졌다. 그 바람에 총을 떨어뜨린 상대는 바로 허리에 있는 권총을 꺼내려고 했다. 나혁은 곧장 오른팔에 있는 비살상용 고무탄을 발사했다. 퍽 하는 소리와 함께 목에 명중했고, 상대는 온몸을 뒤틀면서 고통스러워했다. 그 틈에 나혁은 삼단봉을 꺼내 전기 충격을 가했다. 상대가 의식을 잃고 축 늘어진 걸 확인한 뒤 4안식 야시경과 발라클라바를 벗겨서 얼굴을 들여다봤다. 사십 대 정도로 보이는 상대방은 턱과 뺨에 상처가 있었다.

"좀 험하게 논 친구 같은데? 신원 확인 가능해?"

"가운데로 가져다 놓으시면 천정의 카메라로 안면 인식을 해보겠습니다."

나혁은 의식을 잃은 침입자를 비밀의 방 가운데로 끌고 왔다. 그리고 케이블 타이로 팔과 다리를 묶은 후, 로니 소총을 분해해서 공이를 빼내 구석으로 던져버렸다. 글록 권총과 예비 탄창 두 개는 따로 챙겼다.

"확인했어?"

"국가통합전산망에서 조회 중인데 일단은 나오지 않고 있습니다."

"점점 오리무중이군. 일단 다른 놈들부터 처리해야겠어. 어디 있지?"

"1층 현관에 두 명이 있고, 그리고 나머지는 흩어져서 수색 중입니다."

"간도 크군. 일단 흩어진 세 명부터 잡을게."

"가장 가까이에 있는 침입자는 2층 중앙 계단 앞에 있습니다. 나머지 두 명 중 한 명도 3층 계단 중간에 있고요."

"2층 침입자가 있는 곳까지 거리는?"

"45미터 정도입니다."

"내가 나가면 복도 조명을 켜줘."

"위험합니다."

"나간다."

조용히 문고리를 돌리고 복도로 나온 나혁은 중간 즈음에 서있는 침입자를 봤다. 문 여는 소리를 들었는지 침입자가 몸을 돌리는 게 보였다.

"지금이야!"

복도의 불이 환하게 켜지면서 4안식 야시경을 쓰고 있던 침입자는 고통스러워했다. 나혁은 그 틈을 노려 백골의 부스터 기능을 이용해 접근했다. 뒤늦게 그의 존재를 눈치챈 침입자가 로니 소총을 겨눴지만 한발 늦고 말았다. 발목을 걸어차서 넘어뜨린 나혁은 일어나려는 상대방의 얼굴에 고무탄을 발사했다. 얼굴에 정통으로 맞은 바람에 그대로 넘어갔고, 뒤통수가 바닥에 부딪치면서 두 번 충격을 받은 침입자는 그대로 축 늘어졌다. 재빨리 4안식 야시경을 벗겨낸 나혁은 로니 소총을 집어 들었다. 불이 다시 꺼지자 어둠이 찾아왔다.

"3층에서 내려옵니다."

"알아."

대리석 난간 뒤에 숨으며 여유롭게 대답한 나혁은 4안식 야시경을 쓰고 로니 소총을 겨눴다. 잠시 후, 검은 그림자가 천천히 계단참을 돌아서 내려오는 게 보였다. 다리를 신중하게 겨냥한 나혁이 방아쇠를 당겼다. 슉슉 하는 소리와 함께 침입자의 발목부터 정강이까지 빨간 점들이 찍혔다. 침입자

가 비명과 함께 쓰러지면서 주르륵 미끄러졌다. 나
혁은 쓰러진 상대방을 개머리판으로 내리쳤다. 비
명을 지른 상대방이 축 늘어지자 나혁은 두 명을
끌고 근처의 빈 방으로 들어갔다. 로니 소총의 탄
창을 챙기고 케이블 타이로 손발을 묶은 다음 발
라클라바를 벗겨서 입에 쑤셔 넣는 것으로 마무리
한 나혁은 인공지능 해모수에게 두 사람의 얼굴을
확인시켰다.

"역시 전산망에 안 뜹니다."

"그럼 사망자나 실종자에서 확인해 봐."

"알겠습니다. 1층과 3층에 있던 침입자들이 이
쪽으로 이동 중입니다."

"여기 비밀 통로는 어디지?"

"벽장 안에 있습니다."

"거기서 도서관으로 가는 루트 잡아줘."

"그곳으로 유인하실 겁니까?"

벽장으로 들어간 나혁이 씩 웃으며 대답했다.

"도서관에서 한판 뜨는 게 소원이었어."

벽장 안쪽의 비밀 통로 입구가 열리자 나혁은
안으로 들어갔다. 한 사람이 겨우 지나갈 만한 작

은 통로에는 비상등이 희미하게 켜져있었다.

"침입자들이 방으로 들어왔습니다."

"빠르군."

"자신들끼리 위치를 확인할 수 있는 위치추적 장치를 가지고 있는 것 같습니다."

"주도면밀하군."

비밀 통로의 끝은 파티가 있거나 외부 손님이 많을 때 쓰는 2층 복도 끝 칸이 주방이었다. 냉장고 뒤쪽의 입구로 나온 나혁은 4안식 야시경을 이용해 주방 안을 이리저리 살펴봤다. 아무도 없는 걸 확인한 뒤 조심스럽게 밖으로 나왔다. 들고 있던 로니 소총의 탄창을 갈아 끼운 그는 문가로 바짝 붙은 채 인공지능 해모수에게 물었다.

"놈들 위치는?"

"세 명 다 2층 복도로 나왔습니다. 흩어지지 않고 모여있는 상태고요."

"오케이."

문을 열고 밖으로 나온 나혁은 한쪽 무릎을 꿇고 침입자들이 있는 쪽을 겨눴다. 4안식 야시경을 통해 복도에 선 채 주변을 살펴보는 상대가 보였다.

그중 가장 가까운 한 명의 무릎을 겨냥한 나혁이 심호흡을 하고는 방아쇠를 당겼다. 툭 하는 소리와 함께 미세한 진동이 느껴졌다. 거의 동시에 무릎에 맞은 침입자가 몸을 옆으로 꺾으면서 쓰러지는 게 보였다. 다른 두 명은 반사적으로 몸을 숨긴 다음 이쪽을 향해 총격을 가했다. 기둥 뒤에 숨은 나혁 역시 로니 소총의 탄환이 떨어질 때까지 반격을 가했다. 소음기 때문에 총성 대신 기둥과 벽에 총탄이 박히는 소리만 어둠 속에 울려 퍼졌다. 남은 탄창까지 쏘아댄 나혁은 탄환이 떨어지자 로니 소총을 일부러 소리가 나도록 멀리 던졌다. 그리고 틈을 봐서 몸을 일으킨 다음 도서관으로 가는 통로로 뛰었다.

"이쯤이면 충분하겠지?"

"부상자 한 명을 제외하고 나머지 두 명이 쫓아옵니다."

인공지능 해모수의 대답을 들은 나혁이 도서관 문을 열어젖히며 대답했다.

"샹들리에로 올라간다."

1층과 2층이 트여있는 형태의 도서관 꼭대기에는 커다란 샹들리에가 달려있었다. 나혁은 어릴 때 종종 그곳에 숨어서 시간을 보내곤 했다. CCTV로도 찾을 수 없는 곳이라 경호원들은 한참 동안이나 나혁의 행방을 몰랐다. 난간을 딛고 그대로 날아오른 나혁은 샹들리에를 움켜쥐었다. 그리고 철제 구조물 사이로 몸을 들이밀었다. 충격 때문에 요동치는 샹들리에의 쇠사슬을 붙잡고 숨을 고르는데 도서관의 문이 열렸다. 두 명의 침입자는 좌우로 나눠진 계단을 밟고 1층으로 내려갔다. 샹들리에 사이에 서서 두 명이 이곳저곳을 정찰하는 모습을 내려다보던 나혁은 적절한 타이밍을 찾았다. 한 명이 샹들리에 바로 아래 서있는 사이 다른 한 명이 정원으로 연결된 출입문 주변을 확인하느라 거리가 생긴 것이다. 나혁은 심호흡을 하고 아래로 몸을 날렸다.

　바로 아래 서있던 침입자는 나혁의 무릎에 어깨를 찍히면서 그대로 주저앉았다. 밑에 깔린 침입자가 몸부림치면서 빠져나오려고 하자 주저 없이 주먹으로 턱을 때렸다. 소리를 들은 다른 침입자가 고개를 돌리면서 로니 소총을 겨누는 걸 본 나혁은 곧장 몸을 굴려서 소파 뒤로 숨었다. 파팍 하는 소리와 함께 바닥에 총탄이 우수수 박혔다. 아까 챙긴 권총을 꺼낸 나혁이 몸을 옆으로 눕힌 채 방아쇠를 당겼다. 둔탁한 총성과 함께 어둠 속에서 빛이 번쩍거렸다. 상대방이 기둥 뒤에 숨는 걸 본 나혁은 기어서 벽난로 뒤에 숨었다. 움직임을 눈치챈 침입자가 총을 쐈지만 벽난로의 두툼한 돌을 뚫지는 못했다. 권총의 탄창이 빌 때까지 사격한 나혁은 오른팔에 붙은 유탄 발사기로 최루탄을 쐈다. 벽에 맞고 떨어진 최루탄에서 자욱한 가스가 흘러나오자 상대방이 콜록거리는 소리가 들렸다. 침입자는 나혁이 몸을 숨긴 벽난로 쪽으로 로니 소총을 겨눈 채 비틀거리며 움직였다. 아까 들어온 문으로 나가려는 걸 눈치챈 나혁은 몸을 숙인 채 접근했다. 소리를 들은 상대방이 로니 소총을 겨누고 쐈지만 한두 발만 방탄 플레이트에 박힐 뿐이었다. 부스터 기능을 이용해 발목을 걷어찬 나혁은 쓰러진 상대방이 놀랄 만큼 빠르게 권총을 뽑아들자 허공을 향해 몸을 날렸다. 침입자의 몸 위로 내려앉은 나혁은 왼팔에 달린 슈퍼 테이저를 얼굴에 들이댔다.

"조금이라도 움직이면 전기에 튀겨질 줄 알아."

눈앞에서 슈퍼 테이저의 전기가 지글거리는 걸 본 침입자는 순순히 권총을 내려놨다. 나혁이 바닥에 놓인 권총을 집으려고 손을 뻗는 사이. 침입자가 반대쪽으로 몸을 굴렸다. 옆으로 넘어진 나혁이 권총을 집으려는 순간, 눈앞에 빛이 번쩍했다. 본능적으로 몸을 뒤로 피한 나혁은 상대방이 앞으로 구부러진 나이프, 카람빗을 들고 있는 걸 봤다.

"쉽게 안 잡히시겠다?"

나혁은 장딴지에 부착된 삼단봉을 펼쳤다. 닿는 순간 전기 충격을 줄 수 있었기 때문에 날카롭지만 짧은 카람빗보다는 유리했다. 몸을 낮춘 나혁은 삼단봉을 까닥거리면서 상대방에게 접근했다. 엑소 슈트 기어인 백골은 금속제 방탄 블레이트가 부착되어 있어서 카람빗의 공격은 쉽게 막을 수 있었기 때문이다. 하지만 상대방은 방탄 플레이트로 보호되지 않은 목을 노렸다. 옆으로 그어진 카람빗이 목을 살짝 스치고 지나갔다. 한 발자국 뒤로 물러난 나혁이 중얼거렸다.

"제법인데?"

허리춤 뒤에 붙은 다른 삼단봉을 꺼내서 양
손에 쥔 나혁이 다시 접근했다. 침입자는 카림빗
을 쥔 손을 위아래로 움직이면서 틈을 노렸다. 그
걸 본 나혁이 갑자기 거리를 띄웠다. 그리고 왼팔
에 붙은 슈퍼 테이저를 발사했다. 놀랍게도 날아
간 전기침 하나를 피했지만 슈퍼 테이저는 세 개
의 전기침이 한꺼번에 나갔다. 몸에 박힌 전기침
을 통해 고압 전류를 쏘인 침입자는 무릎을 꿇고
쓰러졌다. 나혁이 한숨을 쉬는데 인공지능 해모수
가 소리쳤다.

"뒤쪽!"

요란한 총소리와 함께 나혁이 머리에 쓰고 있
던 4안식 야시경이 부서졌다. 옆으로 몸을 날린 나
혁은 방금 제압한 침입자가 떨어뜨린 권총을 집어
들고 몸을 돌렸다. 아까 샹들리에서 떨어지며 쓰
러트린 침입자가 한 손으로 권총을 겨누고 있는 게
보였다. 나혁은 누운 채 다리 사이로 상대방을 겨누
고 방아쇠를 당겼다. 총알이 떨어질 때까지 방아쇠
를 당긴 나혁은 상대방이 비틀거리다 쓰러지는 걸
보고는 한숨을 돌렸다.

"아슬아슬했군."

"침입자는 모두 무력화되었습니다. 외부로 나가서 전파 방해 장치를 처리해주시면 제가 경찰과 블랙스쿼드에 연락하도록 하겠습니다."

"그전에 하나만 확인해볼게."

몸을 일으킨 나혁은 방금 권총에 맞아 쓰러진 침입자를 향해 걸어갔다. 방탄 플레이트가 부착된 강화 외골격을 착용하고 있었지만 가까운 곳에서 발사된 탄환까지 완벽하게 막아주지는 못했다. 목과 어깨의 상처에서 흘러나온 피가 대리석 바닥에 서서히 퍼져나가는 중이었다. 한쪽 무릎을 꿇은 나혁이 침입자의 4안식 야시경과 발라클라바를 벗겼다. 그러자 낮에 인터뷰를 했던 오선희 기자의 얼굴이 보였다. 창백한 얼굴의 그녀가 자신을 내려다보는 나혁에게 힘없이 물었다.

"당신은… 히어로인가요, 빌런인가요…?"

나혁이 대답하기도 전에 그녀의 숨이 멎었다. 나혁은 말없이 일어나서 밖으로 나갔다. 현관 입구에 설치된 전파 방해 장치를 본 그는 단숨에 달려가서 발로 걷어찼다. 37분 후에 블랙스쿼드가 보낸

드론이 도착했고, 또 3분이 지나자 블랙스쿼드의
긴급 출동팀이 모습을 드러냈다. 경찰은 49분 만에
도착했다.

　다음 날, 저택의 휴게실에서 발뒤꿈치와 목에
난 상처를 치료 중인 그에게 김 비서가 찾아왔다.
롤러블 디스플레이 패드를 펼친 김 비서가 착잡한
목소리로 말했다.

　"침입자들의 정체를 확인했습니다."

　"누구였나요?"

　"북한해방동맹 소속 조직원들입니다. 모두 북
한 특수부대 출신으로 대한민국 정부를 상대로 사
보타지와 요인 암살 작전을 시도하다가 종적을 감
췄던 자들이죠. 국정원에서는 중국으로 건너가서
신분을 세탁한 후에 다시 돌아온 것으로 추정합니
다."

　"그자들이 날 노린 이유는 뻔한 거죠?"

　"오늘 아침 북한해방동맹 유튜브에 올라온 영

상을 확인했습니다. 회장님의 재산과 권력을 물려받고도 북한 주민들에게 배상하거나 사과하지 않는 것을 응징하기 위해 거사를 진행한다는 내용이었습니다. 현재 국정원과 경찰 정보국에서 잔당들과 협조자들을 추적 중입니다."

"그럼 오선희 기자는 내부 구조를 확인하기 위해서 인터뷰를 했나 보군요."

김 비서가 고개를 숙이며 말했다.

"아마 그런 것 같습니다. 미리 확인하지 못한 점 진심으로 사과드립니다."

"뭐, 사람이 완벽할 수는 없으니까요."

쓴웃음을 지은 김 비서가 롤러블 디스플레이 패드를 접어서 안주머니에 넣고 흰 봉투를 꺼냈다.

"뭔가요?"

"사직서입니다. 어쨌든 제가 책임져야 할 일이라고 생각됩니다."

김 비서가 내민 흰 봉투를 바라보던 나혁이 고개를 저었다.

"아버지가 영화 <대부>를 정말 좋아했거든요. 특히 2편의 내용 중 '친구는 가까이, 적은 더 가까이'라는 대사를 몇 번이고 저에게 들려줬어요. 김 비서가 내 적이라면 더 가까이 두도록 하죠. 넣어두세요."

김 비서가 도로 흰 봉투를 집어넣는 걸 본 나혁이 물었다.

"그나저나 북한해방동맹의 배후는 누굴까요?"

"국정원에서는 중국을 지목하고 있습니다. 그들을 보호하고 새로운 신분을 준 게 그들이니까요."

"걔들이 왜 나를 목표로 한 거죠? 아버지라면 몰라도 나는 죽이거나 납치해봤자 이득이 없잖아요."

"회장님처럼 사라지는 것 자체로 혼란과 갈등을 줄 수 있다고 믿을지도 모릅니다. 아니면, 회장님의 라이벌 중 하나 혹은 여럿이 손을 잡았을 수도 있습니다."

"어쨌든 언론에는 최대한 안 나가게 해주시고 배후를 조사해주세요."

"알겠습니다."

김 비서가 인사를 한 뒤 밖으로 나가고 치료가 끝나자 나혁은 몸을 일으켜 창가로 향했다. 현관에는 블랙스쿼드의 장갑차와 경찰차가 나란히 서있는 게 보였다. 물끄러미 그들을 내려다보던 나혁은 어젯밤, 들었던 질문을 중얼거렸다.

"나는 히어로일까? 빌런일까?"

경자, 늘

차무진

1

'약이라도 사 먹을까?'

물이 콧구멍에 막처럼 고여있다. 닦아도 풀어
도 마르지 않는 샘처럼 점막이 젖어서 짜증이 났
다. 헐어버린 코를 시원하게 풀지 못하고 티슈로
조심스레 닦았다.

'이러다 죽지 않겠지?'

아랫배에서도 간헐적으로 뒤틀리는 통증이 느
껴졌다.

요 몇 달 동안 한 주도 빠지지 않고 동창들과
술을 퍼마셨다. 이제는 다들 한자리에서 밤새 쩽한
위스키 스트레이트나 독한 소주를 들이켜진 못한
다. 젊었을 때처럼 폭음할 수 없다는 것을 잘 알고
있고 그래서 얼음 넣은 하이볼이나 순도 높은 맥
주, 하우스 와인 따위를 시켜놓고 수다를 떤다. 그
마저도 정신을 차리면 새벽이기에 음용량은 젊었
을 때와 똑같다. 어제도 다섯이 연남동, 홍대, 상수,
합정역 주변을 동이 틀 때까지 돌아다녔다.

팽.

선반 아래에 둔 작은 쓰레기통에는 개똥처럼

뭉친 티슈가 가득 찼다.

요즘같이 일교차가 심한 초봄에 잔뜩 취해서 이 집이 맛있대, 저 클럽 우리 받아줄까? 하며 밤거리를 돌아다니다가 단번에 감기에 걸리고 만 것이다.

다들 마흔 줄에 접어드니 무서울 게 없다. 밤길에도 누가 잡아가겠느냐는 식이다. 생일이 빠른 친구는 마흔이고 학교에 일찍 들어온 친구는 서른아홉이다. 다들 결혼은 포기했다. 오십이 되면 모아놓은 돈을 가지고 남해로 가서 게스트하우스를 하나 차리기로 했다.

볼펜을 딸각거리며 서있던 나는 내 발을 보고 화들짝 놀랐다.

'어라? 내가 팔자걸음으로 걷나?'

굽이 높고 푹신한 실내용 슬리퍼 양쪽 모두 안축만 심하게 닳아있다. 요즘 유난히 허리가 아프더니만. 살쪄서 그런 게 아니었다.

'흠. 걸음걸이가 잘못된 거야.'

허리를 틀어 슬리퍼 뒤축을 마저 살피던 중에 장딴지에 스타킹 올이 나가있는 것을 보았다. 젠

장. 어제 산 건데. 오늘 컨디션 영 엉망이네. 두 줄
올이 나간 스타킹에 둘러싸인 퉁퉁 부은 내 다리
가 오늘따라 유난히도 짧아 보였다. 가방 안에는
그저께 사놓은 새 스타킹이 있었다. 화장실에 가서
갈아 신을까 생각하다가 단념했다.

나는 감기약을 사러 약국에도, 스타킹을 갈아
신으러 화장실에도 마음 편히 갈 수 없다. 저쪽에
서 스팀다리미를 들고 신상품 주름을 펴고 있는 매
니저 때문이다. 매니저는 매초마다 나를 주시하고
있다. 안 보는 척하지만 나를 감시하기 위해 매장
에 나온다고 해도 과언이 아니다. 내가 조금이라도
자리를 비우면 당장 계산대 아래 숨겨둔 키티 수첩
을 펴고 내가 자리 비운 시간을 꼼꼼하게 메모할
것이다.

스팀다리미를 아래위로 흔들던 매니저 어깨
가 슬쩍 멈췄다. 볼이 슬그머니 열렸다. 나를 훔쳐
보는 것이다.

또 시작이네. 아이고, 나 안 놀고 있다. 어지간
히 해라.

에이취.

그때 나도 모르게 재채기하고 말았다.

매니저가 획, 몸을 돌려 나를 봤다. 지렁이 같은 두 눈에는 의구심이 가득 고여있다.

나는 뿔테 안경을 올리며 살포시 웃었다.

"매니저님도 감기 조심하세요. 헤."

매니저는 혐오스럽다는 듯 나를 훑어보더니 "새 옷에 침 튀기지 마세요. 기침하려면 입 막고 하라구"라고 말하곤 입을 삐쭉거리며 저쪽으로 가버렸다. 저 멀리서 "돼지같이 뚱뚱해서 무슨 옷을 판다고"라는 말이 분명히 들려왔다.

쥐 같은 것.

거울에 비친 내 몸을 보았다.

직원용 스커트를 두른 내 몸은 내가 봐도 한심했다. 어깨부터 골반까지 점점 일직선의 형태가 되어가고 있다. 아닌 게 아니라 등이 어딘지 허리가 어딘지 도무지 모르겠다. 어떻게 골반이랑 가슴이랑 엉덩이가 구분이 안 되냐. 이렇게 망가져도 되는 건가.

'따분해.'

나는 백화점 의류 판매 직원이다.

나이는 마흔. 미혼이며 퉁퉁 부은 짧은 다리에 올이 나간 스타킹을 신어도, 걸음을 팔자로 걸어도, 허리와 골반이 구분되지 않을 만큼 뚱뚱해도 크게 신경 쓰지 않는다.

나도 내가 4년 넘게 백화점 매장에서 여우털 무스탕 코트를 팔고 있을 줄은 꿈에도 몰랐다. 지금은 허허, 웃으며 생각없이 사는 사람처럼 보이지만 불과 2년 전까지만 해도 달군 바늘처럼 민감하고 까다로웠다. 삶의 여신은 나를 한 번도 따뜻하게 품어주지 않았다.

6년 동안 뒷바라지해 준 그 개자식은 공무원 임용 시험에 붙자마자 나를 버렸다. 이후 찾아온 병마로 병원에서 항암 치료를 하며 1년을 보냈고 그 기간에 우울증이 왔다. 모든 것을 포기하고 싶었고 여러 번 결행하기도 했다. 그런 나를 심하게 꾸짖은 이들이 바로 내 술친구들이다.

나는 2년 전에 완치했다.

돌이켜 보면 벌 받을 만한 삶이었다. 누구를 맹목적으로 믿는 것, 진실에 의지하겠다는 신념,

지고지순한 순정 따위는 명백한 삶의 적이었다.

병은 내 몸에서 빠져나갔지만, 대신 불면과 세상에 대한 원망이 묵직하게 남았다. 그것들을 씻어버리겠다는 강박에 사로잡혔고 주말이면 친구들을 만나 술을 마셔댔다. 평일에는 해가 뜰 때까지 야식을 동반한 게임 삼매경에 빠졌다. 그 결과 이렇게 몸이 망가졌다. 이제는 술도 게임도 귀찮아졌다. 남자도 싫고 돈도 싫다. 그저 불면증약 없이 편히 잠들 수만 있다면 소원이 없겠다.

내가 온종일 하는 일이라고는 백화점에 오는 부잣집 여자들에게 무스탕을 입혀주거나 저 나이 어린 매니저와 기싸움 하는 게 전부다.

삶을 심각하게 대할 필요가 없다는 것을 잘 안다. 사는 것이 아니라 살아지는 것이니까.

"저기요."

돌아보니 모델처럼 늘씬한 젊은 여성이 나를 보고 있었다.

나는 고객 응대 모드로 돌아가 눈웃음을 보이며 다가갔다.

"무엇을 도와드릴까요, 손님?"

그 여성은 주변을 두리번거리다가 들고 있는 커다란 쇼핑백을 열어 안에 든 내용물을 슬쩍 보여주었다. 순간 나는 그녀가 매장에 무스탕을 사러 온 것이 아님을 알았다. 흘깃 보니 매니저는 창고에 내려간 모양인지 보이지 않는다.

나는 손님 팔을 잡고 구석으로 갔다.

손님이 들고 있는 쇼핑백을 낚아채 옷을 반쯤 꺼냈다.

손님이 말했다.

"너무 무거워서 못 입겠어요."

"작년에 사가셨죠?"

내가 낮게 속삭였다.

"네."

"음."

하이페츠 무스탕 반코트.

이 옷은 천재 바이올리니스트 야사 하이페츠가 즐겨 애용했다는 세미 솔 디자인으로 소매와 옷깃 그리고 안감 전체가 스페인산 산양 가죽으로 여밈 처리된 틀림없는 우리 매장 제품이다. 작년에 수량 한정 프리 오더 제품으로 소개되어 VVIP에게

만 팔렸다.

구매한 지 반년이 지났기에 이 손님은 이 옷을 반품하러 온 게 아니다.

코트를 되팔러 온 것이다.

"한 번밖에 안 입었어요. 상태 확인해보시면 아시겠지만 아주 깨끗하…"

"180만 원 드릴게요."

말을 끊고 단도직입적으로 말했다.

"560만 원에 산 건데요?"

"180만 원. 그 이상은 안 돼요."

이건 비밀인데 나는 종종 손님에게 옷을 되산다. 이 업계에서는 속칭 '꺾기'라고 부른다. 손님에게 판 물건을 현금을 주고 되사는 방식인데 매장에서 이렇게 판 옷을 되사는 이유는 매출을 속여 MD 개편 때 백화점에서 퇴출당하지 않도록 하기 위함이다. 하지만 본사가 각 매장을 관리하는 요즘은 이 '꺾기'의 의미가 조금은 바뀌었다. 그게 바로 '반꺾기' 방식이다. 구조는 이렇다. 고객이 입던 옷을 가지고 오면 매장에서는 상태를 확인한 뒤 현금을 주고 되산다. 대부분 환불이나 교환 처리가 될 수 없는 고급 옷들이다. 그렇게 되산 옷을 창고에 숨겨두 었다가 믿을 만한 손님이 오면 "우리 매장에 딱 하 나 들어온 옷인데, 이태리에서 우리나라에 딱 다섯 벌만 들어왔거든요"라고 속여 파는 것이다.

고가의 옷은 카탈로그에 게시되지 않고 부잣 집 사모님들도 그런 것을 확인하지 않는다는 습성 을 이용한 못된 상술인데 그렇게 판 돈은 매장 직 원이 착복한다.

또 다른 '반꺾기'는 인정 로스로 처리하고 새 옷을 빼돌리는 방식이다. 본사에서 백화점 매장으 로 들어오는 상품 중에는 이동 중 상했거나 또는 검수에서 놓친 하자품이 입고될 때가 있다. 그래서 본사는 각 매장에 입고한 양의 최대 5퍼센트까지 를 로스, 즉 하자 물건으로 인정한다. 그런 물건들 은 본사에 되돌려주지 않아도 되었는데 그것을 손 님에게 파는 것이다. 물론 돈은 전부 매장 직원이 챙긴다.

이 방식은 흔히 식품 쪽에서 쓰인다. 백화점 정 육 코너에 들어온 쇠고기 1000만 원어치 중 뼈에 붙어 상태가 좋지 않은 살점을 발라내고 나면 실제로 판매되는 고기는 700만 원어치가 된다. 버려진 고기 300만 원어치가 인정 로스 처리되는 것. 나쁜 마음을 먹은 정육 코너 점원이 있다면 그는 신선한 고기를 15퍼센트까지 빼돌릴 수 있다는 것이다.

아무튼, 내가 주로 사용하는 수법은 바로 중고 물건을 몰래 되사서 단골에게 비싸게 파는 것이다. 이 손님은 작년에 사간 하이페츠 무스탕 반코트를 되팔고 싶어 했다. 분명 우리 방식을 아는 손님이다.

"더 주심 안 돼요?"

내가 단도직입적으로 금액을 말하자 손님은 애원했다. 나는 협상이 끝났다는 듯 돌아가려 했다. 고민할 시간을 주지 않는 것이 유리하기도 하거니와 매니저가 알면 다시는 이곳에서 일할 수 없다.

매니저가 나를 핀셋 감시하는 이유도 바로 이것 때문이다. 우리 사이가 이렇게 틀어지게 된 것은 불과 3개월 전이다. 지난 크리스마스날 구스 다운 트렌치코트를 로스 처리하고 되팔다 걸린 후부터 그녀는 나는 죽일 듯이 괴롭힌다.

내가 저쪽으로 가려 하자 손님이 내 팔을 잡았

다. 그녀는 고개를 끄덕였다.

팔겠다는 뜻.

"그럼 제품 상태를 좀 볼게요."

나는 옷을 꺼내 본격적으로 살폈다. 바로 하나가 포착되었다.

"아, 여기."

나는 그녀의 시선을 소매에 난 작은 구멍으로 이끌었다.

"구멍이 났네요. 보이시죠?"

"티도 안 나는데."

"가격에서 20만 원 뺍니다."

정말이지 바늘로 콕, 찍고 빼면 날 만한 흔적이었지만 결코 내 눈을 피해갈 수 없었다.

나는 몇 군데 흠을 더 찾아냈고 70만 원을 더 뺀 110만 원에 합의 보고 손가방에서 현금을 꺼내 셌다. 이런 일에 대비해서 그 정도의 현금은 항상 보관하고 있었다.

여자가 돌아간 뒤 나는 줄자로 그 코트의 치수를 쟀다. 크기와 재질, 품을 확인해서 신상품 태그를 만들어야 했다. 이 옷은 가죽세탁 전문 업체에 맡겨 드라이한 후 600만 원에 팔 것이다.

오래 알고 지낸 몇몇 평창동 사모님들이 관심을 가질 것이다. 이 옷은 작년에 열두 벌이 들어왔고 이틀 만에 소진되었는데 그때 못 산 사람들이 많았다.

빈 태그에 볼펜으로 사이즈를 기입한 후 옷을 비닐로 씌우던 중 재채기를 몇 번 했고 훌쩍거리며 코를 풀었다.

문득 그런 생각이 들었다.

'내가 입을까?'

따뜻해 보였다.

겨우내 제대로 된 옷 한 벌 입지 못했다. 몇 년째 솜이 삐져나오는 싸구려 패딩만 입고 다니던 터였다. 옷이 부실해서 감기에 걸린 것이야, 라는 삐딱한 욕구가 생겼다.

'흥. 나라고 이런 걸 왜 못 입어?'

하지만 모델 같은 여자가 입던 사이즈였다. 내가 입으면 반코트가 아니라 롱코트가 될 참이다.

"수선해서 입으면 되지."

나는 그 하이페츠 무스탕 반코트를 집으로 가

져가기로 했다.

2

내가 입을 것이기에 세탁을 맡기지 않기로 했다. 레더 워시 스프레이를 들고 얼룩이 있는지 찬찬히 살피다가 어깨 쪽 안감 깊숙한 곳에 재봉선이 뜯어진 것을 발견했다.

'이걸 왜 이제야 본 거지?'

이 정도면 50만 원은 더 깎을 수 있었는데.

아쉽지만 어쩔 수 없었다. 재봉선 실밥을 제거해야 했다. 가죽 제품이어서 마감 처리한 실을 제거하면 가죽용 본드로 접착 작업을 다시 해야만 했다. 4년째 고가의 무스탕과 가죽옷을 다루다 보니 이 정도쯤은 능숙하게 수선할 수 있었다. 나는 쪽가위를 가지고 와서 용감하게 실밥을 끊어내기 시작했다.

그러다가 나도 모르게 소리를 내지르고 말았다. 호기롭게 시작했지만 실을 제거할수록 겉감과 안감의 공간이 사정없이 벌어졌고 두꺼운 가죽의 두 면이 훙하게 떨어져 나갔다.

'으아아, 이거 맡겨야겠는걸?'

처음부터 김 씨 아저씨에게 맡길걸 그랬다.

그는 이대에 있는 단골 가죽 수선집 사장님이다. 수선뿐 아니라 세탁도 담당한다.

결국, 김 씨 아저씨에게 맡기기로 결심하고 안감과 겉감 가죽의 시침질한 실밥을 힘이 떨어질 때까지 뜯어내 버리자고 마음먹었다.

투두둑.

실밥을 힘차게 뜯어내던 나는 또 소리를 내지르고 말았다.

가죽과 가죽 사이에 무언가가 들어있었다.

천이다.

몹시도 파란 천이 코트 안에 숨어있다. 얇은 스판덱스처럼 묘한 질감이었는데 내복 같기도 하고 에어로빅 옷 같기도 했다.

줄줄 나오는 그것들을 모조리 꺼냈다.

파란색 쫄쫄이 상의, 붉은색 팬티, 비닐처럼 얇은 노란색 벨트, 붉은색 망토.

상의 가슴에는 커다란 마크가 붙어있었다.

맙소사. 영화에서 본 옷이다.

슈퍼맨이 입었던 옷.

자세히 보니 스판덱스 쫄쫄이가 아닌 작은 철사들이 촘촘하게 얽혀있는 재질이었다. 중세기사의 사슬 갑옷 같다. 가슴에 붙은 마크도 영화 속 슈퍼맨과 달리 'S'자가 아닌 'Ss'자가 새겨져 있다. 대문자 S 아래에 소문자 s가 섞여있는 다소 복잡한 디자인이다.

'영화 소품인가?'

영화 소품이 왜 비싼 가죽 무스탕 안에 들어있는 것일까? 그것도 아주 꼼꼼하게 박음질해서 숨겨둔 듯이.

나는 모델 같은 그 여자 손님을 떠올렸다. 예쁘지만 특색 없는 얼굴이었다.

'흠. 좀 멍청하게 보였는데.'

이 옷을 넘길 때 그 손님은 가격에만 신경 썼을 뿐 옷에 관해 별다른 의중은 없었다. 그녀는 코트 속에 이런 요사스러운 것이 들어있는 것을 모르는 게 분명하다. 오랫동안 매장 일을 한 내 직감은 틀림없다.

그렇다면 만들 때 공장에서 이물질이 삽입된 것인가? 이물질이라기에 천은 너무도 깨끗하고 선명했으며 완벽했다.

나는 좀 불결함을 느꼈지만, 그게 중요한 게 아니었다. 비싸게 주고 가져온 반코트의 가죽 안감을 원상 복구해야 했다.

반코트를 수선집 아저씨에게 맡기기 위해 쇼핑백에 넣고, 그 요사스러운 옷은 세탁기 안에 던져 두었다.

3

이틀 후 오십 대 초반으로 보이는 남자가 찾아왔다.

어깨가 딱 벌어진 사내였다.

머리도 요즘 유행하는 투 블럭 가르마 펌 스타일로 다듬었다. 입고 있는 베이지색 맥 코트도 흔히 볼 수 없는 고급 재질이다.

그는 여우 목도리를 고르는 척하면서 뿔테 안경 너머로 연신 우리 매장 내부를 힐끔거렸다.

"여성용 목도리를 찾으시나요? 사모님 드릴 건가요?"

다가가 공손히 묻자 그는 밍크털과 여우털을 비교하듯 매만지면서 낮게 말했다.

"이틀 전 한 여자가 옷을 팔고 갔지?"

놀라 입을 틀어막았다.

그가 반코트 안에 있던 요사스러운 옷의 주인임을 직감했다.

돌아보니 매니저는 장부를 정리하느라 정신이 없었다. 사내는 내 뒤로 서더니 큰 덩치로 매니저가 볼 수 없게 나를 감싸고 속삭였다.

"그 옷을 돌려주시오."

"그, 그게 무슨 말씀이신지?"

"두 배를 주겠소. 아니, 다섯 배를 주겠소."

짧은 순간 나도 모르게 이렇게 내뱉고 말았다.

"어제 다른 손님이 사 가셨어요."

대단한 물건이 운명의 수레바퀴처럼 품 안으로 굴러와 나에게 속해졌고, 그것을 내주어선 안 된다고 내 본능이 말했기 때문이다. 나에게 있는 도박적 감각이랄까, 모험적 호기심이랄까. 아무튼 그런 게 꿈틀거렸다고 해야 하겠다.

사내는 울듯 찡그렸다.

"팔렸다구? 누구요? 누가 사 갔소?"

"물건 사는 손님 성함을 제가 어떻게 알겠어요."

좋다. 현실감 있는 거짓말이다.

"그럼 카드 내역서가 있겠지?"

"현금을 주셨어요."

불온한 곶감을 입에 넣었으니 말끔하게 씹어 삼켜야 했다.

그의 네모나고 단단한 얼굴이 일순간 오래 찐 만두처럼 흐무러졌다. 더는 기댈 답이 없다는 표정. 그는 내 팔을 잡더니 다짜고짜 정수기가 있는 엘리베이터 앞으로 나를 끌고 갔다.

"어떻게 생겼소?"

"뭐가요?"

"옷 사 간 남자! 어떻게 생겼냐고."

나는 남자라고 말하지 않았는데 그는 남자로 확신하고 있었다.

그러면 남자가 사 간 걸로 해야겠네.

나는 이대 수선집 대머리 김 씨 사장님을 떠올

리며 코트를 사 간 손님을 상상했다.

　"그게. 자주는 아니지만 몇 번 오셨던 손님 같기도 하고. 그러니까 어떻게 생겼냐면…."

　초조함을 이기지 못한 그가 맥 코트 안주머니에서 휴대전화를 꺼내더니 다짜고짜 물었다.

　"이 남자였소?"

　액정 속 남자는 수선집 아저씨처럼 대머리였다. 2 대 8 가르마가 아닌 완전한 대머리라는 게 다르지만 그래도 꽤 닮았다. 신경질적이고 편협해 보이는 눈동자까지.

　속으로 '어머, 나 신기 있나 봐'라고 생각했다.

　"어떻게 생겼냐면. 그러니까…."

　그는 고개를 갸웃거리며 내 입에서 무슨 말이 나올지 기다리고 있었다.

　나는 정색했다.

　"잘 모르겠어요. 머리가 벗어진 건 맞는데."

　"그러지 말고 다시 잘 살펴봐요. 반드시 기억해야 해!"

　"저는 손님을 빤히 쳐다보고 그러는 편이 아니거든요."

"이런 샹!"

"샹?"

내가 눈을 가늘게 뜨자, 그가 목뒤로 솟은 수평선만 한 넓은 어깨를 낮추며 울듯 말했다.

"잘 들어요. 내 이름은 슈퍼슈프림맨. 무적의 슈퍼히어로요. 그 무스탕 반코트 안에 슈트를 숨겨 놓았는데 내 애인이 모르고 당신한테 판 거요. 당장 그 옷을 찾아야만 하오. 그게 없으면 나는, 무용지물이야!"

"슈퍼히어로? 슈퍼맨 같은 건가요?"

"그렇소."

"어머나, 신기해라. 그러면 하늘도 막 날고 그러나요?"

"그렇소."

"슈트가 없으면 힘을 못 써요?"

"사실이오."

"어째요. 이미 옷을 팔아버렸는데."

그는 나의 요란스런 몸짓을 외면한 채 곰곰이 생각에 잠겨있었다. 잠시 후 결심한 듯 명함을 꺼내 내밀었다.

"옷 사 간 남자, 자주는 아니지만 가끔은 온다는 거지? 그자가 나타나면 이 번호로 곧장 연락해 주시오."

명함에는 '김봉준 범죄연구소'라고 쓰여있었다.

"본명이에요?"

그는 고개를 끄덕였다.

범죄연구소라. 슈퍼슈프림맨이 평상의 모습일 때 직업인 모양이다.

그때 멀리서 나를 부르는 소리가 들렸다.

돌아보니 저쪽에서 매니저가 오고 있었다. 이쪽을 응시한 채 삐쭉삐쭉 움직이는 빠른 걸음에 표독한 신경질이 배어있었다. 자리를 비운 나를 노리는 게 분명했다.

나는 허둥대지 않고 종이컵에 정수기 물을 담아 김봉준 씨에게 공손히 건넸다.

"정수기 물, 여기 있습니다. 손님. 그럼 천천히 둘러보고 가세요."

종이컵을 받아 든 슈퍼슈프림맨은 멍한 눈으로 컵 안의 물을 노려보았다. 그러자 성인 한 모금쯤 되는 양의 물이 순식간에 바짝 말라버렸다.

오메. 무서워라.

놀랐지만, 정신을 바짝 차렸다. 그것보다 더 무서운 것을 피해야 했다. 나는 슈퍼슈프림맨을 뒤로하고 다가오는 매니저를 향해 걸어갔다.

"경자 씨. 이렇게 오랫동안 자리를 비우면…."

나는 그렇게 소리치는 매니저를 지나치며 "손님께서 물을 찾으시기에"라고 던지듯 말하곤 곧장 매장으로 걸어갔다.

4

퇴근 후 집으로 돌아와 노트북을 켜고 '슈퍼맨'을 검색했다. 각종 영화 이미지들과 알렉스 로스가 그린 슈퍼맨 그림들이 검색되었다. 그가 그린 슈퍼 히어로들은 전부 나이 든 중년의 모습이었다.

"뭐야. 슈퍼맨이 왜 이렇게 늙었어?"

블로그를 보니 이렇게 설명해놓고 있었다.

「알렉스 로스의 그래픽 노블 작품인 〈킹덤 컴 Kingdom Come〉이나 〈저스티스Justice〉에 그려진 슈퍼맨, 원더우먼, 배트맨 등은 전부 중년 미국 남성과 여성의 모습이며 이는 제2차 세계대전을 무사히 극복한 정의로운 미국인의 표상을 대변한다. 그들은 전후 시대인 1950년대 이후 아슬아슬한 미국 사회를 떠받치고 있는 중년이다. 젊어서는 나치와의 전쟁을 겪었고 지금은 냉전의 얼음판 위에 서있다. 히피와 펑크로 대변되는 자유주의 문화에 젖어있는 젊은이들은 자신들의 고충을 이해하지 못한다. 그들은 수고스러운 일은 포함해야 하고 즐기는 일에는 눈과 입을 닫아야 한다. 그들은 산업과 경제를 일으켜야 하는 숙명을 느낀다. 누가 진정한 사회의 슈퍼히어로인가. 힘과 정열로서 사회를 떠받치고 있는 정의롭고 부지런한 오십 대가 진정한 슈퍼히어로이다.」

'쯧쯧. 다 큰 어른들이 이런 쫄쫄이 옷이나 입고, 망측해라.'

슈퍼히어로들과 대적하는 악당, 빌런도 마찬가지다. DC 코믹스의 빌런들은 나이 든 박사나 외계에서 온 수염 난 장군들이었는데 그들의 복장도

우스꽝스럽긴 매한가지였다. 이런 악당은 당시 공산 세계의 리더들을 상징으로 삼았단다. 악당의 주특기는 슈퍼히어로들의 약점을 찾아내 공격하는 것이라고 쓰여있었다.

낮에 찾아온 사내를 떠올렸다.

'슈퍼슈프림맨이라고 했지?'

그러고 보니 알렉스 로스가 그린 슈퍼맨과 비슷하게 생겼다. 오십 대 나이가 무상한 넓은 어깨, 신사용 정장이 잘 어울리는 길쭉하고 마른 다리, 꾹 누른 듯 옴팍하고 선명한 인중과 찰흙 칼로 그은 듯 늘어진 법령, 네모난 이마 가운데 한 줄기 삐져나온 곱슬한 애교머리까지.

'풋, 진짜로 만화같이 생긴 얼굴이었어.'

나는 베란다에 널어놓은, 파란색 천을 걷어 침대에 펼쳤다.

슈퍼슈프림맨은 이 슈트를 어떤 대머리 남자가 훔쳐 갔다고 믿고 있었다. 그렇다면 그 대머리 남자가 슈퍼슈프림맨의 적수, 빌런인 것일까?

슈퍼맨의 빌런을 검색했다.

영화에서 슈퍼맨을 괴롭히는 악당 이름은 렉

스 루터였다. 루터 역시 대머리 사내다.

'뭐, 영화랑 비슷하네.'

아무튼, 현실에서도 슈퍼슈프림맨이라는 히
어로가 존재하고 그도 영화에서처럼 대머리 사내
를 악당으로 삼고 있다는 뜻이다.

나는 침대에 놓인 슈퍼슈프림맨의 슈트를 물
끄러미 바라보았다. 사슬이 씨줄과 날줄로 촘촘하
게 얽혀있지만 조금만 눈을 멀리하면 그 사슬들이
어느새 사라지고 밋밋해져 그저 단순한 쫄쫄이 스
판덱스 천으로만 보인다. 기묘한 재질이다.

늘일수록 원단의 푸른색은 더 선명해졌다. 있
는 힘껏 당겨보아도 저항력 없이 고른 탄력을 보
인다.

'이렇게 끝없이 늘어나는 천은 처음 보네.'

담배를 넣어둔 손가방에서 라이터를 꺼내 그
을려보았다. 천은 매연을 내지도 타들어가지도 않
았다. 오히려 요정의 빛을 뿌린 듯 푸르스름한 빛이
감돌았다.

망토는 슈트와는 달랐다.

신축성이 없었고 꽤 뻣뻣했다. 코트를 팔았던

여자 손님이 옷이 무겁다고 느낀 것은 바로 이 망
토 때문인 듯했다.

'이 망토를 걸치면 하늘을 날기라도 한단 거
야?'

비치타월처럼 굵고 널따란 망토를 만지작거
리다 몸에 둘렀다. 붉은 담요 속에 폭 파묻힌 것 같
은 내 얼굴. 문득 이 옷을 입어보고 싶었다. 목 늘
어난 티셔츠와 브래지어를 벗고 슈트 상의에 팔을
찔러 넣었다.

늘어나면서 잘 들어갔다.

머리를 넣고 배꼽 아래까지 끌어당겼다.

옷은 꼭 맞았다. 은은한 발열감이 등과 가슴에
감돌았다.

거울 앞에 섰다.

몸에 딱 붙은 푸른색 상의와 후줄근한 분홍색
체육복 바지를 입은 여자가 서있었다. Ss 마크가
가슴에 선명하다.

'워메나, 뱃살이 하나도 안 보여!'

근사했다.

내 상체는 날렵해 보였다. 보정 속옷을 입은

것처럼 배가 판판했고 허리는 놀랍도록 잘쏙했다. 가슴도 더 풍만해 보인다. 얼굴도 화사했고 턱선도 반듯했다.

한때는 나도 글래머란 소리를 들었다. 작은 키였지만 들어갈 때 들어가고 나올 때 나온 몸이었고 짧은 치마도 곧잘 어울렸다. 거울 속에는 그때의 나, 공무원이 되고 나를 버린 그 자식을 만나기 전의 나, 꿈 많고 자신감이 넘치던 내가 서있었다.

반짝반짝, 생기 도는 내 두 눈에서 온갖 별이 넘치고 있었다.

정말이지 슈퍼히어로가 된 기분이었다.

5

다음날 김봉준 씨, 아니 슈퍼슈프림맨은 엘리베이터 앞, 정수기가 있는 카우치 소파에 앉아있었다. 그는 거기서 우리 매장을 끝없이 노려보고 있었다.

"오늘은 나타났습니까?"

그는 화장실로 가는 나를 막아서고 옷을 사 간

손님이 오지 않았는지를 물었다. 내가 자주는 아니지만 가끔 오는 손님이었다고 내뱉은 말에 희망을 걸고 있는 것 같았다. 이럴 줄 알았으면 처음 보는 손님이라고 하는 건데. 사실감 있게 연기하려다 귀찮아지기만 했네.

"사 가신 옷에 하자가 있지 않은 한 매장에 다시 오실 리가 없잖아요."

그날부터 하늘을 나는 쫄쫄이 타이츠를 잃어버린 불쌍한 슈퍼히어로는 하루도 빠짐없이 백화점에 찾아왔다. 매일 같은 자리, 같은 자세, 같은 표정이다. 그는 정수기 옆 소파에 앉아서 팔짱을 끼고 뿔테 안경 너머로 광선을 쏠 듯 나를 노려본다.

'아무리 기다려 봐라. 사진 속 대머리가 나타나는가.'

당연하다.

그 옷은 지금 내 방 옷장 안에 걸려있으니까. 페브리즈 냄새를 풍기며 말이다.

일하다가 문득 그와 눈이 마주치면 그의 행동은 한결같다. 검지와 중지로 자신의 눈을 한 번 가리키고 나에게로 방향을 돌린다. 항상 나를 지켜보고 있다는 뜻.

나는 흥, 하고 콧방귀를 뀌었다.

한번은 옷장 하단 서랍에서 물건을 꺼내기 위해 쪼그리고 앉았을 때 그와 눈이 마주쳤다. 그는 내 몸 아래쪽 어딘가를 빤히 보고 있었다. 나는 화들짝 놀라 허리를 비틀며 일어섰다.

'저 인간, 어딜 보고 있는 거야?'

잠깐만. 슈퍼히어로라면 투시력 같은 게 있지 않아? 슈퍼맨은 납을 제외하고 모든 것을 뚫어 본다는데. 그렇다면 저 인간 눈에 내 몸 구석구석이 다 보이는 거잖아.

어떤 날은 내가 화장실에서 나왔을 때 그가 우뚝 서있었다.

"오늘도 보지 못했습니까?"

"이 아저씨가! 지금 여자 화장실 엿본 거예요?"

"네? 그저 복도에 이렇게 서있었는데요."

"당신은 슈퍼히어로잖아!"

나는 화장실 벽을 뚫고 칸막이도 뚫고 전부 다 보이지 않느냐고 따졌다.

"너 여기 있는 여자들 몸 다 보이지? 너 일부러

화장실 앞에 자리 잡고 앉아있는 거지? 이거 완전
변태 새끼 아냐?"

그가 울먹이듯 말했다.

"나, 나는 초능력을 잃어버렸다구요. 그런 나한
테 어떻게 그런 말을….."

그러네. 슈트가 없으면 초능력을 발휘할 수 없
다는데 더는 몰아붙이기도 민망했다.

그는 몹시 실망한 듯 등을 돌렸다.

미안해졌다.

그의 팔을 잡아당겼다.

"울어요?"

옆얼굴이 보였다. 그는 벌게진 눈으로 정수기
를 노려보고 있었다.

"무슨 남자가 그런 것 가지고 울고 그래요."

정수기 물이 졸아들고 있었다.

이 새끼가.

나는 아까운 물을 졸이지 말라고 고래고래 소
리쳤고 그는 슬금슬금 물러났다.

솔직히 그가 엘리베이터 앞 소파에 앉아 안
경 너머로 눈빛을 반짝이고 있으니 불안해졌다. 일

하다가도 문득 고개를 들어 보면 어김없이 이쪽을 보고 있다.

어처구니없는 것은 내가 점차 그를 의식하고 있다는 것이다. 얼굴이 발그레해질 때도 있었고 뱃살을 감추려 두 손을 아래로 가지런히 내릴 때도 있었다. 아침마다 속옷을 세트로 갖춰 입으려는 내가 미웠다.

확실히 나는 스트레스를 받고 있었다.

퇴근 후 집으로 돌아가면 거울 앞에 서서 슈트를 갈아입었다. 거울에 비친 내 몸, 정확히는 슈트에 의해 보정된 내 몸을 보는 것으로 스트레스가 풀렸다. 뚱뚱하고 볼품없던 몸이 유려하게 굴곡진 몸으로 바뀌어 있는 게 신기했다.

그렇게 슈트 상의를 입고 작년 겨울에 사놓은 붉은 색 롱부츠를 신고 망토를 찰랑거리며 포즈를 취하고 놀았다. 하의는 그냥 팬티 차림이거나 반바지 차림이었다. 이 슈트의 하의는 쫄바지여서 입어보니 심히 민망했다.

아래도 위와 색이 맞도록 갖춰 입고 싶다는 생각이 들었고 결국 좋은 생각을 떠올렸다. 재미있고 신나는 생각.

"미드에서 본 슈퍼걸 복장으로 수선하자!"

치마만 만들면 되었다.

슈퍼슈프림맨의 망토가 길었기에 끝자락을 잘라내 벨트 아래로 박음질해 두르면 감쪽같을 것 같았다. 재봉틀 앞에 앉았다. 수선집 사장님에게 얻어 온 재단 가위로 망토 하단 부위를 한 올 한 올 끊어서 잘라냈다. 미사일이 날아와도 끄떡없을 것 같던 천이 차분하게 자르려고 하니 여느 섬유처럼 잘 잘려나갔다. 아마도 사용자의 의도를 읽어내고 속성이 자유자재로 변하는 것 같았다.

잘라낸 천을 재봉틀로 박음질했다.

근사한 치마가 만들어졌다.

거울 앞에 섰다.

소사, 소사 맙소사.

눈부시게 아름답고 근사한 슈퍼히로인이 서있 었다.

"이힛, 진짜 슈퍼슈프림걸이 된 것 같은데?"

슈퍼슈프림걸?

흠. 아니야. 이름을 바꿔야지. 요즘 어떤 시대

인데 슈퍼히로인을 슈퍼히어로의 쌍으로 처리하나. 어떤 이름이 좋을까?

나는 이 슈트를 입고 새로운 몸을 되찾았다.

그래. 내 몸의 가능성을 보았어.

앰비셔스우먼?

"좋다. 그걸로 하자!"

이름이 정해지니 가슴에 붙은 Ss 마크도 못마땅했다. Ss 마크는 얇고 단단한 판이었다.

컴퓨터를 켰다. 아래아한글 프로그램을 열고 함초롬바탕체로 '야망'이라는 글자를 출력했다. 오호, 깜찍하고 단단해 보인다. 출력한 종이를 마크가 새겨진 판 위에 덧대고 재봉틀로 박았다. 마크 판이 무척 단단했기에 그 작업은 그날 안에 끝나지 않았다. 동이 텄고 나는 반쯤 박음질한 마크를 그대로 두고 출근했다. 그리고 퇴근하고 돌아와서 작업을 계속했다. 사흘째 저녁에 이르러서야 '야망'이라는 마크가 선명한 슈트를 입을 수 있었다.

어느새 나는 베란다를 뛰어내렸고 능숙하게 하늘을 날고 있었다. 밤 구름을 가르며 하늘 높이 솟구치자 반구 너머로 대지와는 이미 몇 시간 전에 작별을 고했던 태양이 보였다. 구름 끝 저 멀리에서 나를 눈치챈 태양은 "어라, 나는 이미 떠났는데 왜 따라왔어?"라고 말하는 것 같았다.

햇살 담긴 바람이 내 몸을 감싸자 노곤해졌다. 치마와 망토가 무섭게 펄럭였지만 나는 평온했다. 물속에 있는 듯 유영했다. 엄마 자궁 안에 떠있는 것 같았다. 허공에 우뚝 서서 빛살이 흩어지는 강을 보았다. 인간이 만들어놓은 비루하고 각진 아파트에 잠식당해 본래의 키와 덩치를 잃은 지 오래인 산들을 보았다. 그것들은 개떼에 몰려 이리저리 떠도는 어린 소처럼 보였고 어두운 땅에서는 불빛에 가려진 암흑과 미지의 구멍처럼 보였다.

자유. 무한의 자유가 바로 이런 기분일까.

눈에 힘을 주고 더 높이 올랐다. 대류 현상이 없는 성층권을 넘어가자 고요가 기다리고 있었다.

절대적 고요.

의식과 무의식의 경계.

시간과 차원의 무경계.

그런 것들에 관해 생각했다. 그러다가 차가운 냉기에 화들짝 놀라 눈을 뜨면 이 높은 곳에서 나

혼자 왜 떠있는가 하는 두려움과 생존의 경각을 느꼈고 다시금 내가 누군지를 생각했다. 나는 나다. 나는 내가 지은 이름, 새로운 그 이름을 떠올렸다. 나는 내 몸을 감싸고 있는 슈트의 강인함을 인지하고 더 높게 뻗어 나갔다. 내가 갈 수 있는 곳, 세상의 가장 높은 곳까지 오르면 비로소 멈추고 안온에 젖어 미소를 지었다.

그렇게 밤마다 도시의 건물을 누볐고 구름 위 적막함 속에서 자아를 깨달았다.

삶은 하찮은 것이야.

멋지게 살 수 있어.

광활한 우주에서 지구는 그저 먼지 같은 한 점일 뿐이지만 나는 달라. 나는 무한대이고 부서지지 않은 금강석이야.

신기한 것은 또 있었다.

역삼각형 가슴팍에 붙은 마크, 내가 휘갑치기로 '야망'이라고 덧 박은 그 마크는 그저 슈트의 장식이 아니었다. 거기에서 강력한 브레스트 광선이 나왔다. 어깨를 넓히고 양손 검지와 중지를 관자놀이에 대고 숨을 몰았다가 후 뱉고선, '노란 광선이

뿜어져 나와라'라고 생각하면 정말로 그렇게 되었
다. 내 가슴에서 뿜어낸 브레스트 광선은 구름을
녹이고 우주 너머로 빛보다 빨리 뻗어 나갔다.

한참을 고민하다가 히말라야 안나푸르나 상
공에서 아래를 향해 쏜 적이 있었는데 광선은 활주
로처럼 뻗어 나가 나무들을 모조리 태웠다. 얼핏 봐
도 100미터 이상 시커멓게 탄 흔적이었다.

일주일 후 나는 남산에 있는 호텔에서 옛날 사
귀던 놈이 다른 여자와 함께 있는 것을 보았다. 나
는 호텔 창밖에 몸을 띄우고 있었다. 이곳은 34층
이었다. 그놈은 나한테 이별을 통보하며 결혼하겠
다던 여자가 아닌 다른 여자와 있었다. 둘은 흰 가
운을 입고 테이블에 앉아있었다. 그는 와인 코르크
를 따는 중이었다. 이놈은 과거에도 이랬다. 돈 한
푼 벌지 못하면서 늘 비싼 와인을 마셔댔다. 와인
값은 물론 내가 댔다.

나는 눈에 힘을 주었다. 병 속에 든 와인이 금
세 졸아버렸다. 그놈은 코르크 마개를 따고 병을
기울였지만 와인이 나오지 않자 멍한 표정이 되었
다. 둘은 내가 창밖에서 붉은 망토를 휘날리며 떠

있는 것을 보지 못했다. 생각 같아서는 호텔을 폭
파해 저것들을 밀가루처럼 허공에 날려버리고 싶
었지만 단념했다. 우주를 보고 온 나였다. 와인을
말리는 유치한 장난쯤으로 오늘 산책을 끝내기로
했다. 이 남자에 대한 기억도 이젠 내 머리에서 납
지蠟紙된 상자에 밀봉하고 저 아래로 던져버릴 때
가 왔다.

밤 산책을 하고 돌아오면 굉장한 섹스를 한 것
처럼 온몸이 젖어있었다. 체중계에 올라 보니 몸무
게가 무려 3킬로그램이나 빠져있었다. 항상 변이
마려웠는데 높은 고도에서 기압을 거스르며 누빈
탓인지 장 속에 묵혀있던 숙변이 쭉쭉 나오는 것이
다. 생리현상을 해결하면 남은 긴장마저 풀려 다리
에 힘이 빠졌다.

나는 젖은 슈트를 벗어 세탁기에 넣고 돌리
는 동안 따뜻한 물을 받아 몸을 담갔다. 세탁한 슈
트를 건조대에 널고 침대에 누우면 정신없이 잠에
빠져들었다. 10년 만의 숙면이었다. 슈트는 놀라운
다이어트 기구였고 꿀잠을 보장하는 초강력 멜라
토닌이었다.

이 좋은 것을 슈퍼슈프림맨에게 돌려줄 수 없었다.

6

"차 한잔하시죠?"

슈퍼슈프림맨이 다가와 말했다.

더는 피할 수 없어 고개를 끄덕였다. 마침 점심시간도 되고 해서 지하 1층 식품관의 푸드코트로 갔다. 우리는 맨 구석 자리에 마주 보고 앉았다. 그는 생선가스 정식을 시켰고 나는 블루베리 샐러드를 시켰다.

"살이 빠진 것 같은데요?"

나를 보는 그의 눈이 조금 찌그러졌다. 무언가 감지한 눈.

나는 블루베리 샐러드를 가리켰다.

"맨날 이런 걸 먹잖아요!"

"…음. 너무 빠졌는데."

땀으로 축축해진 손을 허벅지에 닦으며 그 말도 못 들은 척했다.

"용건이 뭐예요?"

슈퍼슈프림맨은 아, 하며 네모난 이마를 반듯하게 펴더니 특유의 무표정한 얼굴이 되었다.

"그때 말한 대머리 남자…."

그 사진 속 빌런을 말하는 모양이다.

"이름이 '닥스 칼뱅'이라고 합니다."

닥스 칼뱅?

풋, 렉스 루터와 사촌인가?

"닥스 칼뱅은 나, 슈퍼슈프림맨의 적수요. 내 애인이 당신에게 판 옷은 분명 그가 샀을 겁니다. 놈에게 그 옷은 아주 중요하거든."

"그럼 그가 반코트 안감과 겉감 사이에 슈트가 숨겨져 있다는 걸 알았대요?"

그가 나를 쳐다보았다.

아차, 싶었다.

그는 그저 코트 안에 슈트를 숨겨두었다고 말했지, '안감과 겉감 사이'란 말은 하지 않았는데. 그의 눈이 내 이마를 뚫어버릴 것 같아서 나는 눈을 얼른 내리깔았다.

아씨, 들켰나?

나는 포크로 치커리를 꾹꾹 찔러댔다.

빤히 보던 그가 말했다.

"당신 얼굴에 발사믹 소스가 묻었습니다."

후하, 아니다.

나는 얼른 입을 닦았다.

그가 티슈를 뽑아 내밀었다.

"그쪽 말고 턱 쪽에."

"용건이 뭔데요? 그것만 말하세요!"

그가 커다란 등을 등받이에 기대며 입을 열었다.

"지구 평화를 수호하는 나, 슈퍼슈프림맨은 새벽부터 밤까지 바쁘게 세상을 돌아다니오. 사실 지구인들은 모르지만 내가 돌리는 역사가 있지. 경제, 분쟁, 질병, 문화까지 모두 내가 관장하오. 보이지 않는 손이란 바로 나를 말하는 거니까. 세상은 인간의 힘으로 돌리기엔 한계가 있소. 자연재해까지도 내가 막고 있으니까. 아무튼, 내가 바쁘게 움직이면 그럴 때마다 그놈, 닥스 칼뱅이 나타나지. 내가 어디에 있든 희한하게 놈은 내 위치를 알고 있다는 거요. 왜 그럴까? 바로 그 슈트 때문이오.

놈은 내 슈트를 감지하는 가변파장 고출력 광섬 레
이더를 가지고 있거든."

어머, 그런 게 있었나?

하긴 영화를 봐도 그렇다. 빌런은 히어로가 가
는 길목에 마치 알고 기다렸다는 듯이 꼭 나타난
다. 현실에서도 슈퍼히어로를 감지하는 물건이 있
다면 가능할 수 있겠지.

슈퍼슈프림맨은 실제도 그렇다고 했다. 칼뱅
이 자신의 슈트를 감지하는 특별한 기술이 있기에
그들은 매일 만난다고 했다. 그게 가변파장 어쩌고
하는 레이더인 모양이다.

슈퍼슈프림맨은 갑자기 주사기에 찔린 사람
처럼 근육 진 양팔을 감싸며 부르르 떨었다.

"놈은 나의 유일한 대적자야. 도덕성이라고는
눈곱만큼도 없는 이 세상 최고의 악, 그게 닥스 칼
뱅이야. 그는 몹시 폭력적이고 깜짝 놀랄 효율성을
추구하고 허구를 현실로 만들 수 있는 능력이 있어.
지금 미국과 유럽, 그리고 아시아에서 일어나는 병
폐들은 전부 그자, 칼뱅의 소행이야. 얼마 전 미국
대선에서 멜라네시아 제도의 묘강섬에 사는 쿵따

족 출신의 민속 음악가가 대통령으로 당선되었지? 그것도 바로 칼뱅의 작전이었어. 콜라병도 딸 줄 모르는 태평양의 원주민이 미국 대통령이 되다니. 말이 돼? 칼뱅의 짓이야. 놈은 세상을 망가뜨리려 하는 거야. 더 웃긴 게 뭔 줄 아나? 당선된 그 대통령은 쿵따족이 아니야. 그는 YD-768 행성에서 온 외계인이지. 칼뱅은 무시무시한 외계 문명과 손잡고 있다고. 그의 영향력은….”

그는 고개를 도리도리 저었다.

“아니, 아니, 아니야. 그것까지 설명하면 복잡해지니 그 이야긴 이쯤 하는 게 좋겠군. 아무튼.”

그는 목이 마른지 돈가스 쟁반에 놓인 된장국을 집어 들고 벌컥벌컥 들이켰다.

“닥스 칼뱅. 그놈은 이스라엘과 팔레스타인 쪽을 분열시키기 위해 중동에서 활약하다가 4년 전에 한국에 들어왔어. 왜 한국이냐? 지금 한반도 정세가 제3차 세계대전을 일으키기에 적합하거든. 한반도에 평화 모드가 퍼지고 있는 듯 보이지만 사실 그것은 위장이야. 얼마 전에 대한민국, 북한, 미국, 중국, 일본, 러시아 정상이 제주에서 만나서 온천욕을 했잖아. 그거 다 쇼였어. 홀로그램으로 만든 3차원 영상을 합성해서 전 세계에 뿌린 거야. 쉿, 그리고 이건 비밀인데 말이야."

그가 넙데데한 얼굴을 가까이 들이밀었다. 중요한 비밀을 말하려는 듯 입을 가리고 속삭였다.

"조만간 백두산이 터질 거야. 칼뱅의 짓이지. 놈은 백두산 화산재에 식인 바이러스를 실어서 전 세계에 퍼뜨리려는 거야. 그게 무슨 뜻인지 아나? 지구인들이 식인자가 된다는 말이야. 처음에는 서로가 감염된 줄 모르지. 불신이 하늘을 찌를 거야. 그러다가 결국 하나씩 본성이 드러나고 결국은 서로를 잡아먹는 거야. 그렇게 되면 당신도 배낭에 자식새끼를 넣고 어디 있을지 모를 청정지대를 찾겠다며 세상을 헤맬지도 몰라. 저놈이 식인자인가, 이놈이 식인자인가 의심하면서 말이지. 아니 왜 고개를 도리도리 젓는 거요? 뭐? 아이가 없다고? 엥? 그럼 미혼이란 말이야? 미안, 미안. 난 당신이 결혼한 줄 알았어. 늙어 보이기에. 아, 이 말도 미안. 늙어 보이는 게 아니라 하도 뚱뚱하기에. 아, 이 말도 취소, 취소."

나는 물끄러미 그를 바라보았다. 쪽쪽 빨고 있는 플라스틱 포크로 그의 두 눈을 콕 찔러버리고 싶었다.

"어쨌든, 닥스 칼뱅을 막을 자는 오직 나, 이 슈퍼슈프림맨밖에 없어. 그런데 그 멍청한 년 때문에 슈트를 잃어버렸으니 내가 지금 잠이 오겠냐고."

옷을 팔아버린 그의 애인을 말하는 것 같았다.

"빌어먹을! 그년한테 현관 비밀번호를 가르쳐주는 게 아니었어."

이쪽에서 그는 절규하고 있었다.

슈퍼슈프림맨의 넙데데한 얼굴이 좁게 보였다. 이마가 뾰족해지는 것 같았다. 이 중년 사내의 얼굴 곳곳에 피로함이 스며있었다. 그의 눈빛에서는 무언가에 대한(아마도 그건 자신이 구해야 할 이 지구 세상일 것이다) 한탄 같은 게 녹아있었다.

"모두가 나를 도와주지 않아! 이 짓도 이제 신물이 난다고."

그가 조금 측은해졌다.

"이봐. 그렇게 보지 말고 뭐라고 말 좀 해봐. 지금 나만 말하고 있잖아."

"나, 아이스크림 먹을 건데 아저씨도 드실래요?"

"난 됐어. 이가 시려서."

"그럼."

아이스크림을 사기 위해 일어나자 그가 불쑥 말했다.

"난 체리블라썸. 타피오카 없는 거로."

체리블라썸? 뭐야. 이 난데없는 주문은.

"저기에 파는 것 같던데."

보니까 아이스크림 가게 옆에 체리블라썸을 파는 커피전문점이 있었다. 나는 아이스크림 가게에 가서 치즈 케이크 아이스크림을 사고 커피전문점에 가서 체리블라썸 음료수를 사 들고 와 자리에 앉았다.

그가 빨대로 쪽쪽거리며 말했다.

"난 요 위에 떠있는 하얀색 크림이 좋더라. 당신도 먹어볼래?"

"근데 저한테 왜 반말하세요?"

내가 쏘아보자 그가 놀라는 눈으로 곧 허리를 세우고 똑바로 앉았다.

"미안하오. 내가 흥분했구려."

역시 슈퍼히어로는 바른 생활을 추구하는 모양이다. 한 번 말하면 딱 알아듣네. 그렇지, 슈퍼히어로는 절대로 나쁜 짓을 못 하지. 그게 약점이라면 약점이야.

"아저씨, 술 많이 마시죠?"

나는 플라스틱 수저로 아이스크림을 이리저리 찍으며 심드렁하게 물었다.

"헛."

그가 눈을 더 동그랗게 뜨며 어떻게 알았느냐고 물었다.

"얼굴이 누렇게 떴어요. 눈동자도 갈색이구요. 술 먹고 시청 잔디에서 자다가 입 돌아간 우리 삼촌이 딱 그 눈을 하고 있어요. 아저씨 그러다가 간 상해요."

그가 북북 머리를 긁어댔다.

"스트레스가 많아서 요즘. 이게 다 미국 대통령 때문이야."

그는 1990년도에 중동의 독재자를 제거하고 찾은 금괴 100만 온스를 스위스 계좌에 넣어두었

단다. 그런데 최근 스위스 은행이 미국 의회의 청문
대상이 되었다고 한다. 검은돈의 은닉처로 불리는
스위스 은행은 그동안 독재자들이나 부자들이 재
산을 은닉하는 금고로 이용되었는데 이번에 새로
당선된 미국 대통령이 IRS(국세청)와 FBI를 시켜 스
위스 은행 불법 예금계좌를 폐쇄해버렸다고 한다.
그 여파에 김봉준 씨 돈도 덩달아 묶여있다는 것.
그는 미국 대통령이 칼뱅의 사주를 받았다고 추측
했다.

"대통령을 죽여야 해. 어떻게 모은 돈인데 그걸
묶어버리다니."

"슈퍼히어로가 돈 때문에 대통령을 죽인다구
요?"

"그쪽이 먼저 한 일이야. 게다가 그쪽은 지구
인이 아니라고!"

슈퍼히어로도 살기 만만치 않은 시대인가보다
싶었다.

그는 칼뱅을 잡아야 하는데 슈트가 없으니 방
법이 없다고 한탄했다.

"빤스 옷은 그냥 멋으로 입는 거 아녜요? 슈퍼

히어로들은 몸 안에 강력한 초능력이 있을 거잖아
요."

"아니 아니 아니오!"

그는 정신없이 고개를 가로저었다.

"영화에서 슈퍼맨이 달려가면서 양복 와이셔
츠를 쭉 찢잖소? 그러면 옷 안에 S 마크가 붙은 쫄
쫄이 슈트를 입고 있지. 양복 안에 슈트를 입는 건
다 이유가 있습니다. 우리의 힘은 전부 슈트에서
나와요. 엑스맨도 스파이더맨도 배트맨도 원더우
먼도, 각자의 복장이 따로 있는 이유요. 평시와 구
원 시에, 아, '구원 시'라고 말하는 것은 '활약할 때'
를 말하는 우리 슈퍼히어로만의 언어요. 아무튼,
악당을 무찌를 때 휘황찬란한 옷을 입는 이유가
멋 부리려는 게 결코 아니란 말이오. 초능력. 초능
력이 바로 슈트에서 나오기 때문이라구. 칼뱅은 그
사실을 알고 있소. 그래서 내 슈트를 훔친 거고."

나는 이 아저씨가 엘리베이터 앞에서 내 속옷
을 보지 못했겠구나, 하는 생각이 들어 안도했다.
아무튼, 놀라운 사실이다. 슈퍼히어로들의 힘은 전
부 슈트 빨이었다니.

"슈트가 놈의 손아귀에 들어갔다는 것은 오랑우탄의 손에 핵폭탄 버튼이 쥐어져 있는 것과 같소. 세계가 위험하다구. 하지만 나는 포기하지 않소. 놈은 꼭 잡힐 거요."

"슈트가 없으면 힘을 못 쓴다면서요."

"그렇지. 하지만!"

그는 모처럼 자신감 넘치는 표정을 지었다.

"생각보다 어렵지 않아. 우리는 서로를 투영하거든."

"투영?"

"히어로와 빌런은 서로를 투영하오. 거울처럼 상대를 비추고 있지. 이것은 만고의 진리오. 거슬러 올라가면 신과 악마가 그랬소. 선과 악은 떼려야 뗄 수 없는 운명 공동체니까."

이 말은 꽤 의미심장했는데 히어로와 빌런은 누구보다 서로를 잘 알고 있어야 하며, 둘은 일심동체라고 했다. 그래서 말하지 않아도 서로가 어떻게 움직일지 감이 온다고 했다.

"내가 놈이라면 어떻게 할까, 이것만 고민하면 되거든."

슈퍼슈프림맨은 오직 이 말을 신봉하고 있었
고 이 믿음이야말로 그의 진짜 힘인 듯했다.

나는 할 말이 없어 멀뚱히 그를 바라보았다.

"일반인은 이해할 수 없겠지. 아무튼, 슈퍼히
어로의 세계는 그렇소."

"그 세계가 그렇다니 뭐."

"우리 슈퍼히어로들은 그런 악당을 보며 자신
을 되돌아보는 거요. 내가 가진 트라우마를 치유하
면 악당은 자연스럽게 소멸하지."

"와. 심오한 말이네요."

"그러기 위해서는 당신의 도움이 필요하오. 그
놈은 반드시 이곳에 나타날 거요. 왜냐? 나라면 그
럴 거거든."

"애인이랑은 얼마나 사귀었어요?"

그가 뚱하게 나를 보았다.

"갑자기 왜 그런 질문을?"

"대답해봐요."

"…2년."

"키 크고 마른 여자가 아저씨 스타일이었던 모
양이네요."

"내 스타일은 키 크고 마른 여자가 아니오."

"에이. 맞는데 뭘. 코트 판 여자, 완전 모델이 던데요. 솔직하게 말해봐요."

"사실 그녀는 손톱이 예뻐서 만났소."

"손톱?"

"부끄럽지만 난 손톱이 길고 예쁜 여자가 좋 거든. 손톱 페티시가 있어서. 예카테리나는 러시아 상트페테르부르크 패션쇼 페스티벌에서 만났는데 …."

"그 여자 이름이 예카테리나예요? 한국 사람 인 줄 알았는데?"

"블라디보스토크 출신이오. 애칭은 까짜. 패션 쇼에서 본 까짜의 희고 긴 손은 잡티 하나 없었소. 게다가 짙은 감색 매니큐어를 한 치의 어긋남 없이 고르게 발랐더군. 어찌나 황홀하던지 패션쇼장에 있는 샴페인을 모조리 졸아들게 할 뻔했다니까. 그 래서 사귀기 시작했는데 막상 함께 지내보니 사치 가 너무 심하더군. 서쪽은 안 그런데 동쪽 러시아인 들이 좀 그래. 척박한 땅에 살아서 뭐든 사 모으는 걸 좋아하지. 아니 내가 지금 또 무슨 소릴 하고 있

지? 당신 왜 이상한 걸 묻는 거요. 우리 대화는 그
주제가 아니잖소."

"계속해요."

"뭘 계속해?"

"까쌰, 사랑해요?"

그는 심각한 표정을 지었다.

"…까쌰는 어려워."

"뭐가요?"

"다루기가."

"오호라."

"여자야말로 진짜 이해할 수 없어. 질투 많고
정도 많고, 도무지 이해할 수 없는 존재야."

"음."

"이런 노래 가사가 있지. '여자. 여자. 질투 많
고 정도 많지. 여자, 여자. 욕심 많고 알 수 없는. 산
속에 홀로 핀 도라지 꽃처럼 외롭게 누군가를 기다
리다가도 이리저리 봄바람에 가눌 수 없는 자기 심
정 알 수 없는. 풀밭 위에 안경 쓰고 멋있는 화가처
럼 하얀 종이 위에 자기 꿈 그리다가도 찢어버리고
돌아서서 그토록 냉정할까 알 수 없는…'."

"그런 노래가 있어요?"

"전인권이 부르는 <여자>란 노래야. 딱 내 마음이지."

"아저씨, 전인권도 알아요?"

"얼마나 좋아하는데."

"어쨌든 애인이 속을 썩힌다?"

"그렇지."

"돈 때문에?"

"응."

"자꾸 반말할래요?"

"앗. 미안합니다."

"아저씨의 진짜 빌런은 칼뱅이 아니라 그 애인이네."

"노. 노. 여자는 절대로 슈퍼히어로의 빌런이 될 수 없소."

"그건 또 왜요?"

"영화나 코믹스만 봐도 그래. 슈퍼히어로를 미워하는 여성 캐릭터가 있다 치더라도 그녀는 슈퍼히어로를 증오하면서 한편으로 그를 돕지. 이성 빌런은 결코 주인공을 미워할 수 없어요. 그런 여성들은 극 초반에는 슈퍼히어로의 빌런 짓을 하다가도 나중에는 조력자가 되지요. 배트맨과 캣우먼을 봐도 그렇잖소. 할리우드 시나리오 판에서 이 공식은 이미 증명된 거라오. 슈퍼히어로물에서 여성은 절대로 남성의 빌런이 될 수 없소."

"좀 기분 나쁜데요. 남녀 차별하는 거예요? 이 아저씨, 여자가 얼마나 무서운지 모르시네."

"알지, 알아. 하지만 슈퍼히어로물의 세계는 좀 보수적이어야 하오. 우리는 정의를 사수하거든. 여성이 감히 남성을 공격해서도 안 되지만 남성이 여성을 응징하는 것은 더더욱 안 돼. 물론 요즘 시대정신과 맞지 않는다는 것을 잘 알고 있소. 하지만 어쩔 수 없소. 슈퍼히어로는 제2차 세계대전이 끝난 미국 사회에서 시작된 것이니까. 그 어떤, 시작점을 해치지 않아야 할 미묘한 룰이 있소. 당시는 남성 중심적인 사회였고 산업 건설기였기에 남성성과 여성성이 무너지면 안 되었소. 남녀 모두 역할을 나누고 각자의 역할에 맞게 사회를 일으켜야 할 의무가 있었거든. 남자는 일, 여자는 가정이었지. 그런데 둘이 서로 싸우면 어떻겠소? 사회가 무너지지. 그래서 슈

퍼히어로물의 빌런은 반드시 사악한 남성이 되어야
해."

갑자기 시시해졌다.

나는 일어났다.

"어, 어디 가시오?"

"교대 시간이라서 가봐야 해요."

그를 남겨두고 당당하게 걸어갔다.

흑백영화에 나오는 아저씨랑 대화하는 기분이
었다. 저렇게 과거에 묶여 사는 슈퍼히어로가 현대
인에게 어떤 도움을 줄 수 있을지도 의문이다. 인간
을 구원한다는 것들은 전부 낡고 오래됐다. 정치도,
종교도, 관습도, 교육도. 그리고 슈퍼히어로도.

그가 뒤에서 소리쳤다.

"당신이 1순위요. 나와 여러 차례 접촉했으니
놈은 당신을 인지했을 거요. 놈은 나와 가까운 사람
부터 처리해. 그러니 옷을 사 간 남자가 백화점에
기웃거리면 지체하지 말고 연락해요. 나 아니면 그
를 막을 자가 없소."

콧방귀를 꼈다. 웃기시네. 슈트가 없으면 아무
것도 못 하는 주제에.

그가 다시 소리쳤다.

"당신에게 옷을 판 까짜가 이틀 전 살해당했소."

"헉!"

"누구 짓일 것 같소? 이제 나와 가장 가까운 사람은 당신뿐이라구! 이 말을 하려고 보자고 했소."

7

동글동글하게 생긴 대머리 남자가 찾아온 것은 그로부터 사흘 후였다. 그는 은제 갈매기가 장식된 우산 손잡이로 걸려있는 옷을 하나하나 넘겼다.

왜소한 체격이었다. 회색 정장을 입고 있었고 가슴에 장미꽃을 꽂았다. 사진과 달리 실제로는 동안이었다. 아기처럼 동그란 눈, 탁구공 하나를 콕 박은 듯한 코, 흡입하면 쪽 빨려 들어올 것 같은 붉은 입술, 꼭 왕구슬 같은 사내였다. 그 모습이 너무도 선해 보여 품에 넣고 싶을 정도였다.

나는 얼른 엘리베이터가 있는 쪽을 살폈다. 늘 와서 앉아있던 슈퍼슈프림맨이 보이지 않았다.

매일 오더니 하필 오늘따라.

칼뱅이 다가왔다.

그는 왁스가 듬뿍 발린 작은 구두를 바닥에 톡톡 찧으며 수줍게 물었다.

"흥흥흥. 슈퍼슈프림맨이 왔었죠?"

공기가 폐에서 빠져나가지 못해서 나는 흐릿한 소리였다.

나는 고개를 끄덕였다.

"지금 어디에 있죠? 흥흥흥."

"몰라요."

그는 장미를 꽂은 상의에서 동그란 껌을 꺼내 씹었다.

"흥흥흥. 얼마 전부터 내 가변파장 고출력 광섬 레이더에서 그가 감지되고 있어요. 어제도 서울 상공에 빛처럼 지나가는 놈을 보았죠. 노원구에서 남산 쪽으로 사라지더군요."

어젯밤에 내가 날아다닌 것을 포착했나 보다.

"놈은 지금 여기에 있어요. 이 백화점 안에."

나는 침을 꿀꺽 삼켰다.

"그의 슈트에서 내뿜는 파장이 지금도 감지되고 있다구요."

당연하다.

내가 입고 있으니까. 이 직원용 블라우스와 스커트 속에는 앰비셔스우먼 슈트가 있다.

칼뱅은 매장 주변을 천천히 둘러보며 말했다.

"흥흥흥. 어딘가에 숨어서 우릴 감시하고 있을 거예요."

맞장구를 쳐주었다.

"어제도 왔던데. 오늘은 어디에 있지? 똥 싸러 가셨나?"

칼뱅은 다가오더니 갈매기 장식 우산 손잡이를 내 아랫배에 슬며시 갖다 댔다. 그런 다음 동그란 입술을 내 귀에 대고 중얼거렸다.

"개년아."

어맛, 내가 지금 뭘 들은 거지?

"이 우산 장식에 달린 갈매기 눈을 누르면 일본산 하이카본 특수강 날이 나와. 날에는 데스 스토커(아라비아와 아프리카에서 서식하는 맹독성 전갈. 독에 쏘이면 2시간 내 사망한다)의 1등급 독이 잔뜩 묻어 있지. 곧 네 똥배가 쭉 갈라지며 더러운 내장이 우르르 쏟아지겠지. 청소부 아주머니가 반질반질하게 닦아놓은 이 바닥에 네 더러운 피와 고약한 진액이 걸쭉하게 고이다 퍼지겠지. 넌 어쩔 줄 몰라서 잠시 멍하게 서있다가 그 우둔한 눈으로 바닥에 퍼진 내장이 네 것임을 깨닫고는 기겁하다가 차마 소리도 못 내고 푹 쓰러지겠지. 나는 네 옆에 쪼그리고 앉을 거야. 앉아서 내장을 그러모아 네 얼굴에 처바르면서 슈퍼슈프림맨의 위치를 물을 거야. 그러니 그런 일을 당하고 싶지 않다면 지금 당장 놈이 숨은 곳을 말해."

이렇게 찰지고 끔찍한 소리가 있을까.

장이 꼬이며 복통이 일었다. 등이 빳빳하게 굳고 허리가 경직되었다. 말에 실린 악기惡氣가 내 귀를 뚫을 때마다 오줌이 찔끔찔끔 흘러나왔다.

이자, 강하다.

세계 역사를 바꾸는 자가 바로 칼뱅이라는 슈퍼슈프림맨의 말이 틀린 것 같지 않다.

그가 내 귀에서 얼굴을 떨어뜨렸다. 멀어지며 다시 특유의 귀여운 웃음을 내보인다.

"훙훙훙."

나는 엘리베이터 앞을 흘깃했다.

아직도 보이지 않는다. 이 아저씨, 대체 어디 간 거야? 빨리 이 옷을 받아 가야 하는데. 설마 칼 뱅이 나타난 것을 알고 도망간 건가? 아니야. 어딘 가에 숨어서 지켜보고 있을지도 몰라. 대체 어디 있어요, 슈퍼슈프림맨! 미쳤지. 신과 같다는 히어로 와 빌런의 대결에 왜 긴 걸까.

"엘리베이터 쪽을 봐도 소용없어. 내가 이미 확인했으니까."

갑자기 오기가 생겼다.

슈트가 내 몸을 감싸고 있지 않은가.

저놈 우산에서 독 묻은 칼이 튀어나와도, 그 칼날이 내 아랫배를 갈라도 나는 절대로 상처 입 지 않을 것이다. 이 천은 총알도 튕겨내는 외계의 천이다. 신의 직물이 나를 감싸고 있잖아.

송경자, 정신 차려. 너는 앰비셔스우먼이야. 슈 퍼히어로는 결코 악당에게 지지 않아.

문득 어떤 생각이 머리를 스쳤다.

브레스트 광선을 생각했다.

비상계단에서는 2층으로 이어진 별관 야외주 차장으로 갈 수 있었다. 야외주차장은 바닥 공사가

진행 중이어서 출입이 통제되어 있다. 거기서 유니
폼 상의를 활짝 젖히고 칼뱅에게 '야망' 마크를 내
보이며 브레스트 광선을 쏘는 거야.

꽤 좋은 생각인 것 같았다. 용감해지자고 결심
하니 자꾸 용기가 났다. 나는 결심하고 다가가 칼
뱅의 귓불에 대고 바람 섞인 말로 속삭였다.

"우리, 비상계단으로 가요. 슈퍼슈프림맨이 어
디에 있는지 여기선 말씀드릴 수 없어요."

그는 고개를 끄덕였고 우리는 비상계단으로
향했다.

내가 앞장섰고 그가 뒤따랐다.

주차장에 도착하는 즉시 돌아서는 거야. 그 앞
에서 단추를 풀면 의아하겠지? 후후. 내가 노리는
게 바로 그거지. 남자는 여자가 난데없이 옷을 벗으
면 무조건 멈춘다. 그때 짜잔, 슈트와 마크를 보이
는 거야. 그리고 광선을 징, 쏘면 되지. "내가 앰비
셔스우먼이다!"라고 외쳐도 좋겠지.

브레스트 광선 파워가 강하기 때문에 백화점
건물에 충격이 갈 수도 있겠지만 어쩔 수 없다. 슈
퍼히어로는 늘 건물을 부수니까.

녹색의 주차장 바닥으로 들어섰을 때 나는 바
람을 가르며 뒤돌았다.

어라, 칼뱅이 보이지 않았다.

방금까지 따라오고 있었는데?

순간 누군가의 둥근 배가 내 등에 닿았다. 어
떤 손이 내 허리를 감쌌고 수평으로 눕힌 검은 우산
이 내 목에 탁 걸렸다.

칼뱅이 뒤에 있었다.

그와 나의 키가 비슷했기에 그의 숨결이 내 목
덜미를 후끈하게 데웠다.

우산이 점점 내 목을 조였다. 손잡이 칼날이 내
왼쪽 눈으로 다가왔다.

"흥흥흥. 브레스트 광선을 쏘려고?"

아직 단추를 풀지도 않았는데. 어떻게?

"내가 너를 어떻게 찾아왔겠니? 이 작은 우산
에서 쏘는 레이더가 네 몸, 정확히는 네가 입고 있
는 슈트를 감지했기 때문이야."

칼뱅은 처음부터 내가 슈트를 입고 있다는 것
을 알고 있었다.

목이 조여왔다. 튀어나온 시퍼런 날이 내 동공

에 닿을 참이다.

"어째서 네가 슈퍼슈프림맨의 슈트를 입고 있지?"

나는 까무룩 시선이 어두워지다가 다시 살아나기를 반복하는 동공에 힘을 주면서 정신을 잃지 않으려고 노력했다.

"네가 슈퍼슈프림맨과 나 사이에 끼는 건 별로인데. 나이 든 뚱보년과 상대하는 것도 기분 나쁘고 말이야."

그 말에 불쑥 화가 났다. 뚱보년? 나이 든?

나는 용감하게 외쳤다.

"쓰레기 같은 빌런 새끼. 성 인지 감수성이 1도 없는 대머리 새끼. 말하는 꼬락서니하고는! 하긴 50~60년대에 활개를 쳤으니 고리타분할 만도 하겠어. 정의의 이름으로 널 가만두지 않겠어. 난 앰비셔스우먼이라고!"

귓가에서 칼뱅이 내뿜는 콧김이 푹 밀려왔다.

"정의? 앰비셔스우먼?"

"그래!"

"그 슈트를 입었으니 이제 네가 슈퍼히어로가

되고 내가 네 빌런이 되는 거다, 이 말인가? 좋아. 그
렇다면 우리 사이는 더 중요해졌어."

"주, 중요해졌다니?"

"우린 선과 악의 대변자야. 서로를 투영해야만
하지. 슈퍼히어로와 빌런 사이에는 이 계약이 중요
해. 내가 너고 네가 나여야만 하지. 그래야 네가 있
고 내가 있게 되니까."

슈퍼슈프림맨에게 들었던 말이다.

내 허리를 감은 칼뱅의 손이 내 배를 쓸다가
슬그머니 올라오고 있었다.

"알기 쉽게 이야기해줄까? 배트맨과 조커가
딱 그런 구조더군. 조커는 배트맨에게 둘은 같다고
말하지. 똑같이 폭력을 신봉하고, 똑같이 내면의 상
처가 있으며, 얼굴을 감추기 위해 둘 다 위장을 해
야 한다고. 둘은 선과 악을 자처하는 것 외에는 모
든 게 똑같다는 거야. 되레 조커는 배트맨이 위선자
라며 야단치지. 자신은 솔직하게 상처를 드러내는
데 배트맨은 그렇지 않는다며 말이야. 조커와 배트
맨은 누구보다 서로를 잘 아는 거야. 둘은 동일하다
고. 요즘 영화, 참 실감 나게 잘 찍어, 안 그래? 빌런

인 내가 봐도 수긍되니까 말이야."

전갈 같은 그의 손이 내 가슴팍까지 올라왔다.

"네가 그 슈트의 주인이 되었다면 빌런인 나, 칼뱅을 피할 수 없어. 후후, 좋아. 그렇게 하지. 나도 이제 슈퍼슈프림맨이 아닌 앰비셔스우먼의 상대자로 행동하겠어. 앰비셔스우먼이 있어야만 내 존재 가치가 증명되는 거니까. 우린 이제 한 몸이라고. 세상은 그렇게 돌아가지."

희롱하듯 올라온 짤따란 손이 내 가슴을 왈칵 움키는가 싶더니 슈트 가슴팍에 붙은 '야망' 마크 판을 확 떼버렸다.

"앗!"

"흥흥흥. 그리고 넌 이제 앰비셔스우먼이 아니 야!"

그가 떠미는 바람에 나는 몇 걸음 앞으로 떨어졌다. 내 몸에서 떨어진 마크는 망가진 방패연 같은 모습으로 칼뱅의 손에서 너덜거리고 있었다.

그가 말했다.

"나는 지금부터 중요한 일을 할 거야. 그게 뭔지 아나? 나는 진짜 악이 되려고 해."

"넌 이미 악이잖아. 넌 빌런이라고!"

그가 고개를 가로저었다.

"나는 악이 아니야. 더 정확하게 말하면 아직 악이 못 되었지."

"…악이 못 되었다니?"

"잘 들어. 진짜 악은 말이야, 슈퍼슈프림맨과 나 둘 중 하나가 없어져야 하는 거야."

"무, 무슨 말인지 모르겠어."

"그가 선, 내가 악이라는 공식은 그저 마련된 것뿐이야. 우리는 각자의 본령을 하나씩 맡아 상호 보완하며 공존하지만 사실은 불완전해. 진짜 악은 말이지, 둘 중 하나가 없어져야만 해. 한번 대답해 봐. 슈퍼슈프림맨이 죽고 내가 남는다면 어떨 것 같 아?"

"악이 승리하는 거지."

"내가 죽고 그가 남으면?"

"당연히 선이 승리하는 거지. 그게 우리가 바라는 거야."

"그게 잘못된 거라고."

"잘못된 거라니?"

　"내가 죽고 그가 남으면 선이 혼자 세상을 지배하게 되지. 강력한 힘 하나가 세상을 전횡하게 된다고. 그게 바로 악이라고."

　"아."

　"균형자인 빌런이 없으니까 그런 거야."

　균형이 깨지면 남은 쪽이 누구든 악이 된다는 말 같았다. 칼뱅의 이마에서 내려온 빛이 눈썹에 잠시 고였다가 눈을 빛냈다.

　"흥흥흥. 난 아직 악이 아니야. 내가 진정한 악이 되려면 슈퍼슈프림맨을 없애야만 해. 이 세상에 나 혼자가 되어야만 하는 거라고. 슈퍼슈프림맨도 내가 죽으면 자신이 악이 된다는 걸 너무도 잘 알고 있어. 그래서 나를 죽이지 못하는 거야. 놈은 나를 살려두되 그저 균형만 취하며 지낼 수밖에 없지. 본인의 본령인 선을 유지해야 하니까. 그래서 슈퍼히어로는 늘 당하지. 빌런에게."

　들어보니 분명하게 알겠다.

　"빌런은 슈퍼히어로를 가차 없이 공격하고 슈퍼히어로는 빌런을 좀처럼 죽일 수 없는 이유, 이제 알겠어? 크핫하. 이 얼마나 안타까운 일인가?

이제 그 바통이 네년에게 넘어갔으니 너도 같은 숙명이야. 하지만 걱정하지 마. 슈퍼히어로와 빌런의 그 빌어먹을 관계는 여기서 내가 끝내버릴 거니까. 너는 내 손에 죽을 거야. 네가 죽으면 나는 비로소 진짜 악이 되는 거라고. 크핫하하하."

잠시였지만 내가 히어로, 칼뱅이 빌런이었다. 나는 힘 한번 못 써보고 빌런에게 죽을 운명이었다. 새삼 멍청해 보이고 피로해 보이던, 푸드코트에서 나에게 옷을 찾아달라고 사정하던 그 꼰대 아저씨가 얼마나 위대한 존재였는지 깨달았다. 하지만 너무 늦어버렸다.

칼뱅은 들고 있는 '야망' 마크판을 보며 빙긋이 웃었다.

"웃기지? 이따위 유치한 마크에 그런 개똥철학이 담겨있다는 게 말이야."

마크판에 자수로 붙어있는 '야망' 심볼을 바라보는 칼뱅의 얼굴에 회한이 엿보였다. 푸드코트에서 보았던 슈퍼슈프림맨의 쓸쓸함이었다.

"네가 아무것도 모르는 것 같아서 말해주는 거야. 이 마크를 단다고 해서 좋은 게 아니라고. 이 빌어먹을 마크는 구겨서….”

그 순간을 놓치지 않았다.

양손 검지와 중지를 내 관자놀이에 댔다.

광선이 나오도록 상상하며 가슴을 쭉 내밀고 어깨에 힘을 주었다.

“앰비셔스우먼, 브레스트 파워!”

그러자 칼뱅이 들고 있던 '야망' 마크에서 브레스트 광선이 뿜어 나와 캘뱅의 얼굴을 순식간에 녹였다. 칼뱅이 흐무러지듯 쓰러졌다. 나는 느긋하게 걸어가 '야망' 마크를 주워 들었다.

“영화 속 빌런은 꼭 죽기 전에 말이 그렇게 많더라. 풋, 현실도 비슷하네.”

서둘러 슈퍼슈프림맨을 찾아 이 유치한 옷을 돌려주어야겠다고 생각했다.

그때, 무언가 턱 걸리는 게 있었다.

“잠깐, 잠깐만. 큰일이네. 슈퍼슈프림맨에게 빌런은 꼭 있어야만 하는데.”

칼뱅이 죽었으니 그에게는 빌런이 없다. 칼뱅의 말에 따르면 빌런이 있어야만 그는 계속 선으로 남는다. 혼자 남은 슈퍼슈프림맨은 유일한 힘을 사용하는 자가 될 것이고 그것은 바로 악이다.

"선과 악은 한 몸이랬지. 악이 죽으면 선이 금세 악이 된다고 했고."

일리 있는 말이다. 혼자 남은 선은 자신의 방식으로 세상을 지배할 것이며 그것만으로도 독선이다. 역사를 되돌아봐도 그렇지 않나. 그 어떤 종교도, 어떤 왕조도, 어떤 영웅도 정적이 사라지고 환란이 제거되면 어김없이 타락했다.

난데없는 사명감이 일었다. 내 몸에 어느덧 정의의 피가 흐르기 시작했다. 이 슈트를 슈퍼슈프림맨에게 넘겨줄 수 없었다.

악이 죽었다면 선도 죽어야만 했다. 그 선은 곧 악이 될 것이기에.

"흠. 그럼 어쩔 수 없겠어. 기회를 봐서 그를 죽여버리는 거야. 내가 악의 씨를 제거하는 거지. 이것은 균형을 위해서이고 지구 평화, 인류의 번영, 정의를 위해서야."

피가 들끓기도 했지만 슈퍼슈프림맨이 일전에 푸드코트에서 나에게 했던 아이가 있는 아줌만 줄 알았다는 둥, 뚱뚱하다는 둥, 늙어 보인다는 둥의 말도 괴씸했다.

　그땐 진짜 죽여버리고 싶었다.

　슈퍼히어로라도 여성을 버릇처럼 외모로 판단하고 성적, 언어적 차별 발언을 죄책감 없이 내뱉는 꼰대는 가차 없이 죽어야 해.

　나는 그를 죽이기로 했다.

8

　명함은 가방에 잘 들어있었다. 명함에 적힌 '김봉준 범죄연구소'로 전화를 걸었다. 신호가 울리자마자 그가 받았다.

　"칼뱅이 찾아왔었어요."

　—뭐라고?

　"당신이 없는 사이에 빌런이 나타났다구요."

　—흠. 그랬군. EU 사무총장을 만나기 위해 잠시 베를린에 가있었는데. 그사이에 놈이 나타났군. 그가 당신을 위협했나?

　"저는 무사해요."

　—다행이군.

"…슈트를 돌려받았어요."

—앗. 정말이야? 어떻게?

"반코트 안에 슈트가 들어있는지 모르던걸요. 찾아와서 옷이 무겁다며 반품하고 싶어 했어요. 그래서 자연스럽게 받아냈어요."

—잘했어. 하하하. 놈이 이번에는 허술했군.

"또 반말이시네요. 반말하지 마시고."

—앗. 미안하오. 그래, 옷은 잘 가지고 있소?

"네. 그런데 문제가 좀."

—아니, 왜 그러시오? 옷이 상했어?

"…만나서 이야기해요. 전화로는 위험해요."

—기다리시오. 내 당장 백화점으로 가리다.

"아니에요. 백화점은 안 돼요. 칼뱅이 우리 접선을 노리고 일부러 덫을 놓았을 수도 있어요.

—흠. 그것도 그렇군.

나는 남산 앞에 있는 호텔 로비에서 만나자고 했다. 그가 당장 호텔로 가겠다고 했고 나는 다시 만류했다. 준비할 시간이 필요했기 때문이다. 나는 오늘은 너무 피곤해서 마음을 좀 추슬러야겠다고 뜸을 들였다. 그가 내 몸 상태를 걱정했고 나는 모호한 콧김만 내쉬었다.

"내일 만나요. 호텔 로비에 있는 커피숍에서 기
다릴게요."

그는 몹시 달아오른 듯했지만 마지못해 수락
했다.

"잊지 말고 슈트를 가지고 오시오."

"당연하죠. 내가 이딴 걸 가져서 뭐 하게요."

다음 날, 나는 호텔에 도착해 곧장 객실을 잡았
다. 객실로 들어온 나는 가지고 온 와인을 땄다. 분
위기가 무르익었을 때 쉽게 마실 수 있도록 병마개
를 살짝만 닫아둔 채 침대 밑 테이블에 올려두었다.

거울 앞에 서서 내 모습을 살폈다. 거울 속에는
날씬하고 원숙미 넘치는 여인이 서있었다. 옷 안에
입은 슈트가 보정 속옷 역할을 했기 때문이다. 화사
한 블라우스, 노란색 실크 플리츠스커트, 키를 높이
기 위해 신은 9센티미터 스틸레토 힐. 모든 것이 아
름다워 보였다.

나는 두 손을 얼굴 위로 올려 네일숍에서 비싸
게 주고 다듬은 손톱이 잘 보이게 세워보았다. 향수
모델처럼 내 턱과 볼을 감싸 쥐며 요염한 포즈를 취

했다. 손톱에 붙은 별 모양과 하트 모양의 자주색 펄 네일 글리터가 오묘한 빛을 발하며 반짝였다.

'피자맨, 당신은 오늘 나에게 죽는 거야.'

그에게는 이미 문자를 보낸 상태다. 로비에서 기다리고 있자니 어디선가 칼뱅이 나타날 것만 같아 무섭다고 했다. 그래서 객실을 잡았으니 올라오라고 했다.

똑똑.

객실 문 두드리는 소리. 시계를 보니 정각 오후 3시다. 객실 번호를 알려준 지 40분 만에 그가 온 것이다. 복도에 서있는 그는 영화 속 슈퍼맨처럼 정장 차림에 검은 뿔테 안경을 착용하고 있었다.

문을 연 나는 다짜고짜 그에게 안겼다.

"경자 씨. 어디 다친 덴 없…"

입술로 그의 입을 막았다.

그는 거부하지 않았다. 그에게서 스모크 향이 풍겼다. 그의 단단한 어깨를 만지며 와이셔츠 단추를 두어 개 풀었다. 넥타이를 움켜잡고 침대로 이끌었다. 그를 세워놓고 나는 침대에 걸터앉았다. 내가 봐도 긴 치마 밖으로 흘러나온 내 몸의 굴곡이 요염

해 보인다.

그가 산처럼 서서 나를 내려다보고 있다.

비장의 무기를 꺼내야 할 시간.

"덥지 않으세요? 난 더운데."

손톱 세운 손을 흔들며 천천히 부채질했다.

슈퍼슈프림맨의 표정이 순간 굳었다.

나는 노골적으로 몸을 꼬며 목과 가슴을 두 손으로 감쌌다. 내 열 개의 손톱이 피아노 치듯 기교를 부리자 그의 눈동자가 방울뱀 꼬리처럼 자르르 흔들렸다. 오므려지고 튕기는 열 개의 손가락이 급기야 부채처럼 활짝 펴지자 그가 고인 진을 짜내듯 탄성을 질렀다.

"겨, 경자 씨."

후후, 정신 못 차릴걸. 강남에서 20만 원 주고 한 네일이라고.

"오늘 밤, 당신과 함께 있고 싶소."

"풋, 그러려고 부른 건데…. 벗어요."

그가 넥타이를 움켜잡더니 울대를 끊어낼 듯 비벼 풀었다. 다급하게 와이셔츠 단추를 뜯으며 그가 말했다.

"같이 옷을 벗지요. 경자 씨도."

같이 벗어? 내 블라우스 안에 있는 앰비셔스우
먼 슈트를 보면 놀랄 텐데.

"아잉, 뭐가 그렇게 급해요."

나는 일어나 그를 획 돌려 침대로 밀었다. 침대
가 파도처럼 출렁였고 와이셔츠가 훤히 열린 그가
큰대자로 누워 나를 보았다. 그의 위로 올라가 앉았
다. 몸이 어찌나 굵은지 통나무 위에 올라앉는 기분
이었다.

그를 내려다보았다.

V자로 벌어진 와이셔츠 속 근육질 가슴 위로
보무라지처럼 넓게 퍼진 털이 보였다. 가슴 털을
쓰다듬었다. 그가 흐뭇한 표정이 되었고 나를 안으
려 팔을 뻗자 나는 내 두 팔로 가슴을 감싸 오므리
며 애교를 부렸다.

"아직은 안 돼요!"

"왜?"

"오늘 밤 난 당신의 빌런이니까."

"빌런?"

"아잉, 당신 마음을 훔치는 빌런."

"으허허."

그가 턱을 바짝 당기며 내 손톱을 보려 했다.

이 새끼. 정말 손톱 페티시가 강한 모양이군. 그가 형형색색의 손톱들을 잘 볼 수 있게 손등을 세웠다.

침대 밑에 놓아둔 잔에 와인을 따랐다. 한 모금을 입에 넣었다. 시작하겠다는 눈으로 잔을 들지 않은 다른 손을 내 블라우스 단추로 가져갔다.

꼴깍.

야. 야. 침 넘어가는 소리 들린다. 이놈아.

천천히, 아주 천천히 내 옷의 단추를 하나씩 끌렀다. 그는 맨 아래 단추까지 어서 풀리기를 간절히 바라며 황소처럼 숨을 내뿜었다. 그럴 때마다 올라탄 내 몸이 들썩거렸다.

때가 왔다. 블라우스 안에 있을 '야망' 마크를 내보이며 그를 향해 브레스트 광선을 쏘면 끝이다.

유일한 선, 아니 유일한 악의 씨앗이 사라질 것이다.

나는 와인을 한 모금 더 머금었다.

꿀꺽. 목 아래로 넘기고.

"나는 앰비셔스우먼이다!"라고 말하는데, 와인 잔에 담긴 와인이 순식간에 말라 사라졌다.

놀라 그를 보았다.

그는 웃고 있었다.

그가 검지와 중지로 V자를 만들어 자신의 눈을 한 번 가리키고 반대로 돌려 나를 향했다.

지켜보고 있다는 것.

예전 엘리베이터 앞에서 종이컵의 물을 말릴 때 보았던 눈이다. 어라? 그래. 그때 정수기 물이 왜 말랐지? 초능력이 사라진 김봉준 썬데?

와인 잔을 집어던지고 그의 몸에서 튀어 올라 바닥에 착지했다.

가슴을 부풀리며 관자놀이에 양손을 댔다.

"브레스트 파워!"

광선이 나가지 않았다.

되레 내 몸이 붕 떴다. 보이지 않는 힘이 내 목을 조르고 있었다.

케. 켁.

누워있던 슈퍼슈프림맨이 천천히 일어나 앉았다. 그가 마술사처럼 손짓하자 떠있던 나는 테이블

이 있는 구석으로 둥둥 흘러갔다. 내 두 손이 어떤 힘에 얽힌 채 꼼짝달싹하지 못했고 나는 울렁울렁하며 꼼짝없이 떠있었다.

그가 다가왔다.

"꽤 야망에 찬 여자였군."

기도가 막혀 말이 나오지 않았다.

그의 시선이 내 가슴에 와서 박혔다.

타타닥, 그가 내 블라우스 단추를 마저 뜯었다. 내 노란색 실크 플리츠 치마도 찢어서 저쪽으로 던졌다. 나는 앰비셔스우먼 슈트를 입은 채 허공에 떠있었지만 마치 나체가 된 느낌이었다.

그가 빙긋이 웃었다.

"나는 절대로 빌런을 죽일 수 없지. 칼뱅을 죽이면 내가 악이 되어버리니까. 그건 공식이야. 하지만 당신은 죽일 수 있을 것 같았어. 그래서 당신에게 슈트를 보낸 거야."

맙소사.

이게 다 피자 새끼의 계획이었어?

그가 말했다.

"당신은 내 빌런이 될 수 있다고 생각했을지

모르나 불행하게도 아니야. 왜냐고? 말했잖아. 슈
퍼히어로는 여성을 절대로 빌런으로 삼지 않는다
고. 암. 절대로 여성이 될 수 없지. 당신은 내 빌런이
아니야. 그렇다면 우린 무슨 사이일까? 애인 사이
는 아닌데. 하룻밤 즐기는 사이? 후후. 그러기엔 당
신은 내 스타일이 아니거든. 우린 어떤 사이로 규정
할까? 조력자? 동업자? 그것도 아닌데. 그래. 속고
속이는 남녀 사이라고 하면 적당하겠군. 아프지 않
게 죽여주마. 이제 내가 유일한 선이 되었어. 아니
유일한 악이 된 건가?"

그는 팔뚝에 힘줄을 드러내며 손바닥을 내밀
었다. 목에서 강한 충격이 왔다. 뼈가 부러지는 소
리가 들렸고 내 시선이 곧 깜깜해졌다.

9

슈트를 갖춰 입은 슈퍼슈프림맨은 자신의 허
리에 둘린 치마를 쭉 찢어 던졌다.

선과 악은 한 몸.

선이 세상을 지배한다는 것은 오류다. 악이 있

어야 선도 있는 법. 이제 한 축이 무너졌다. 그는 세상을 지배하는 유일한 힘을 가진 존재다.

그는 유일한 선이었고 그래서 유일한 악당이 되었다. 최고의 빌런이 된 것이다.

그는 뒤돌아보았다. 침대에는 송경자 씨가 나체로 널브러져 있었다.

"야망이 너무 컸어. 경자 씨."

슈퍼슈프림맨은 브레스트 파워로 호텔 창을 깼다. 28층 높이의 상공에서 밀려 들어오는 바람에 커튼이 요동쳤다.

그는 백악관을 향해 날았다.

자신의 노후 계좌를 동결시킨 미국 대통령을 죽여야 했기 때문이다.

작가 후기

슈퍼히어로 영화를 무척 좋아합니다. 웬만한 건 다 극장에서 봤습니다. 마지막 쿠키 영상까지 보고 일어나면, 좀처럼 여운이 가라앉질 않습니다. 같은 영화를 본 사람들과 이 여운을 나누고 싶은데, 문제는 늘 혼자서 영화를 본다는 겁니다.

그래서 전 쿠키 영상을 보고 일어나자마자 바로 인터넷에 접속합니다. 영화를 검색해서 사람들의 후기와 댓글, 평점, 공감 명대사를 보며 여운을 공유하죠. 그때 제가 가장 흥미롭게 봤던 것이 빌런에 관한 내용입니다. 실제로 주인공인 히어로보다 빌런에 관한 얘기가 더 많을 때도 있습니다. 사람들이 빌런의 중요성을 잘 알고 있다는 뜻일 겁니다.

사실 처음 이 앤솔러지에 참여했을 때, 그러한 이유로 걱정했습니다. '요즘은 빌런을 조명하는 게 오히려 뻔한 시대가 아닌가?' 하고요. 최대한 뻔하지 않게 써야만 했습니다. 하지만 떠오르는 아이디어가 죄다 히어로와 빌런의 관계를 비튼 역전 구도더군요.

빌런이 주인공인 이야기를 쓰려고 했더니, 오히려 히어로가 가장 중요해지더란 말입니다. 떠려야 뗄 수 없는, 히어로물의 역사 그 자체인, 이 뻔한 구도를 도저히 벗어날 수 없단 생각에 그냥 둘을 합체시켰습니다. 뻔하지 않고 재밌게 읽혔으면 좋겠네요.

협조 부탁드립니다!

『태초에 빌런이 있었으니』는 요다 출판사와 함께한 세 번째 앤솔러지 작업입니다. 첫 번째는 종말 앤솔러지인 『모두가 사라질 때』, 두 번째는 안전수칙 앤솔러지인 『명신학교에 오신 것을 환영합니다』였죠. 요다 출판사와의 앤솔러지 작업은 언제나 즐겁습니다. 항상 평범하지 않은 새로움을 추구하기에, 작가로서도 기획자로서도 배울 점이 많습니다.

이번 『태초에 빌런이 있었으니』는 이전의 앤솔러지보다 확실히 난도가 있었습니다. 우선 앤솔러지에 참여하는 작가님들과 '빌런'이 무엇인지에 대해 개념을 맞추는 데서부터 시각 차이가 있었습니다. 회의를 거듭하며 고민한 결과 '빌런'의 정의를 넓게 잡고, 각자가 원하는 방향으로 이야기를 써 내려가기로 했죠. 덕분에 클리셰적인 '빌런'에서 벗어나, 다각도로 바라볼 수 있었습니다.

제가 생각한 빌런은 히어로의 안티테제가 아닌 공생 관계로서의 빌런이었습니다. 선이 돋보이기 위해서는 악이 존재해야만 합니다. 마찬가지로 히어로라는 인물이 성립되기 위해서는 반드시 빌런이라는 존재가 있어야만 합니다. 마왕이 존재하지 않는 세상에 굳이 용사가 필요할까요?

　「빌런 주식회사」는 히어로의 세상 속에서 그 니즈를 맞추기 위해 빌런을 기획하고 데뷔시키는 매니지먼트 회사의 이야기를 다룹니다. 본래 범죄를 막는 역할이던 히어로가 엔터테인먼트 산업의 중요한 축이 되면서 이들의 상대 역할인 빌런도 필요하게 된 것이죠. '빌런 주식회사'는 이런 산업적 니즈에 발 빠르게 대응한 곳입니다. 이곳에서 빌런으로 데뷔하고자 하는 이들은 '히어로 라이선스'를 가진 초인입니다. 히어로로 데뷔했을 때는 인기가 없었지만 빌런이 되자 인기를 얻게 된 초인도 있지요. 각자의 사정으로 빌런이 되기를 선택한 초인들. 이들의 정체성은 과연 히어로일까요, 빌런일까요?

　한편, 주인공인 우식은 빌런과 히어로의 정체성에 대해 고민하지 않고 자신이 할 수 있는 일이 무엇인지에 집중하고 있습니다. 선악의 경계가 허상으로만 존재하는 엔터테인먼트 산업에서, 히어로와 빌런은 각자의 역할일 뿐 그 본질은 차이가 없기 때문이겠죠.

　　제가 생각하는 '빌런'은 표면적으로 드러난 '빌런' 역할이 아니라, 선과 악의 경계가 모호해지고 무엇이 옳고 무엇이 그른지에 대해 어느 누구도 쉽게 판단할 수 없게 만든 그 사회 자체였습니다. 히어로와 빌런의 가짜 싸움을 통해, 타인을 희생시키면서 이익을 부정적으로 갈취하는 사회적 구조를 숨겨진 빌런으로 등장시키고 싶었습니다.

　　이 빌런의 가장 무서운 점은 그에 대응하는 히어로가 존재하지 않는다는 것입니다. 히어로와 빌런의 경계가 명확해서 누가 옳은지 그른지 단박에 정의할 수 있다면 참 편하겠지만, 우리 사회는 그렇게 돌아가지 않습니다.

　　진정한 빌런은 보이지 않는 곳에 숨어, 마치 마리오네트처럼 히어로와 빌런을 이리저리 조정해 자신이 원하는 무대를 꾸밉니다. 바로 그것이 모든 '악의 빌런'들이 바라는 이상향이 아닐까요.

3년 전 운전면허를 땄다. 1종 보통도, 2종 보통도 아닌 원동기 면허였다. 오토바이가 아니라 전기자전거를 타기 위해서였다. 평생 운전은 하지 않겠다고 호언장담한 내게 이는 제법 이례적인 사건이었다.

운전면허 학원에 다니던 시기는 하필이면 겨울인 데다 살벌하게 추웠다. 새벽같이 일어나 30~40분마다 드문드문 운행하는 버스에 올랐고, 영하의 날씨 속에서 수면부족에 시달리며 지하철 역사를 빠져나와 터덜터덜 오르막길을 걸어 올라갔다.

첫 실습 때는 헬멧을 쓰는 것만으로도 마음이 두근거렸다. 거울 속 헬멧의 실드 너머로 들여다보이던 내 얼굴은 확실히 상기돼 있었다. 이어 보호 장비까지 착용한 채로 시동이 걸린 오토바이에 앉아 있으려니, 어떤 위기도 헤쳐나갈 수 있을 것 같은 자신감이 솟구쳐 올랐으나 안타깝게도 마음뿐이었다.

나는 기능시험에서 한 차례 탈락했다. 잔뜩 긴장한 나머지 첫 코스인 굴절코스에서 비틀거리다 불합격 판정을 받고 말았다. 그건 적지 않은 비용을 지불하고 다시 한번 학원에 등록해 뺨을 얼어붙게

만드는 바람 속에서 매연을 마시며 다 낡은 시티 오
토바이로 한참 더 운전 연습을 해야 한다는 걸 의미
했다. 혹은 도로교통공단 내 시험장을 찾아가거나.
나는 고민 끝에 학원에 남기를 선택했고, 두 번째로
도전한 기능시험에서 합격도장을 받아내는 데 성공
했다. 실수 없이 시험코스를 완주해 도착선을 통과
했을 때 내가 얼마나 고함을 지르고 싶었는지.

  그것이 내가 단 하나의 국가공인자격증을 얻게
된 사연이다. 원동기 면허는 여전히 내가 취득한 유
일한 운전면허다. 그럼에도 소설 속에서 이런저런
자동차들을 운전할 일이 생기면 곧잘 여성 캐릭터
들을 운전석에 앉힌다. 내게는 그런 그림이 자연스
러워 보인다.

  그들은 내게 첫 차였던 전기자전거 혼다 M6는
물론이고 슈퍼커브도 운전하고, 수동 티코와 트럭
도 운전하며, 롤러스케이트와 스케이트보드도 매우
잘 탄다. 전동킥보드며 비행보드도 능숙하게 몬다.
화내고 노려보고 말다툼을 하다 하다 주먹다짐을
벌이기도 한다.

  이 소설의 결말에서 회나는 아라가 타고 온 비

행보드에 오른다. "촬영은 절대 금지"라는 메리 제인의 협박에도 그의 모습을 기록으로 남기기 위해, 자의로. 비행보드의 스로틀을 당길 때 희나의 심장은 꽤나 격렬하게 박동했을 것이다. 그 겨울, 절반쯤은 겁에 질리고 절반쯤은 기고만장한 채로 오토바이의 엔진이 퍼뜨리는 소리와 진동을 온몸으로 전해 들으면서 시험코스를 빙글빙글 돌았던 나처럼.

그건 단순히 속도의 문제만은 아니었으니까. 가능성의 싸움이었으므로.

그 순간의 형언할 수 없는 즐거움을 깨달은 희나의 이후는 전과 전혀 다를 것이라고 믿는다. 이 글을 읽으시는 분들이 그 기분을 느낄 수 있었으면 좋겠다.

자경대나 민병대가 낯설지 않은 서구에서는 정의롭고 실력이 출중한 초인이 나타나서 악당을 해치우는 이야기가 오래전부터 전해져왔다. 이후 총기 소지가 비교적 자유롭고, 치안이 불안한 현대에 접어들면서 복면을 쓴 채 초인적인 힘을 발휘하는 히어로 서사가 자연스럽게 각광받게 되었다. 반면 우리나라에서는 여건상 그런 것들이 불가능하다. 사방에 CCTV와 블랙박스가 존재하고, 상대적으로 치안이 좋기 때문에 히어로가 활동하는 데 제약이 많다. 그래서 간혹 히어로가 주인공으로 나오는 한국의 콘텐츠는 어떻게 하면 CCTV와 블랙박스를 피해 초인 활동을 하고, 몇 분 안에 도착하는 경찰보다 빠르게 악당을 막을지에 대해 설명하는 데 상당 부분을 할애한다.

『태초에 빌런이 있었으니』에 들어갈 단편을 고민하다가 일단 그런 여건을 만들어 보기로 했다. 남북한의 갑작스러운 통일과 그 후에 발생한 혼란으로 범죄율이 치솟는다는 상황 설정을 통해 히어로와 빌런이 활동할 수 있는 무대를 만든 것이다. 아울

러, 남북한 통일이라는 급작스러운 변화에 우리가
얼마나 잘 대처할 수 있을지에 대한 질문도 던져보
고 싶었다. 누군가에게는 기회가, 누군가에게는 삶
이 나락으로 떨어지는 고통이 될 수도 있으니까 말
이다.

주인공 나혁의 마지막 독백을 통해서는 그렇게
등장한 히어로들이 과연 전정한 히어로인지, 그 고
민을 담아보고자 했다. 그 질문이 빌런 앤솔러지를
기획한 시작점이자, 「후레자식맨」을 쓰면서부터 생
각했던 가장 중요한 지점이었다.

히어로와 빌런을 딱 잘라 구분하기에는, 세상
이 너무 복잡다단해졌다. 우리는 눈에 보이는 것들
이 모두 선명하기를 원한다. 하지만 세상은 점점 혼
탁해지고, 선과 악은 예전처럼 명확하게 구분 짓기
어려워졌다. 먹고살기 힘들어서 총을 든 북한 출신
의 범죄자들에게는 도깨비맨이 히어로가 아닌 빌런
으로 보일 것이다. 그들은 남북한이 통일된 것이 아
니라 한국의 식민지가 되었다고 여길 수도 있겠다.
그렇다면 해방을 위한 투쟁에 나서야 한다는 당위

성을 가지게 된다. 그런 상황들을 상상해보면 진짜
악당은 어쩌면 평범한 사람들로 하여금 총을 들 수
밖에 없도록 만드는 세상일지도 모르겠다.

나는 〈슈퍼맨〉 〈배트맨과 로빈〉 〈원더우먼〉 등의 슈퍼히어로 만화영화를 보고 자란 세대다. 늘 그들의 그림이 있는 운동화, 스케치북, 가방, 필통을 가지고 다녔다. 그들이 나를 매료시킨 이유는 그들의 초능력이 아니라 그들이 입고 있는 슈트 때문이었다. 푸른 보디 슈트, 붉은 망토, 노란 허리끈의 슈퍼맨 슈트, 황금빛 굴곡과 별무늬가 가득한 푸른 하의의 원더우먼 슈트, 요즘은 검은색으로 표현되지만 당시에는 푸른 망토와 회색 보디 슈트였던 배트맨 슈트, 눈알 없는 로빈의 검은 안대, '독수리 오형제'라고 부르던 갓챠맨 팀의 독수리, 콘도르, 백조, 제비, 부엉이 복장까지.

그들의 묘하고 화려한 옷에서 뿜어 나오는 색감은 화가가 꿈이었던 열 살 소년의 눈에 짜릿한 자극으로 다가왔다. 지금도 그 당시 만화 이미지를 보면 어린 시절이 소환되고, 스케치북을 펼쳐 색연필로 쓱쓱 그림을 그리던 한 아이가 보인다.

누가 뭐래도 슈퍼히어로는 슈트가 매력적이어야 한다. 슈트 없는 영웅은 의인이지 슈퍼히어로가 아니다. 자고로 펄럭이는 망토를 어깨에 두르고 무릎까지 올라오는 부츠를 신고 부끄러움을 무릅쓴 채 형형색색의 팬티를 내복 밖에 입어줘야 한다. 마하의 속도로 날아도 포마드로 빗어 넘긴 머리가 헝클어지지 않아야 하고 말이다.

그런데, 신문사에서 퇴근한 클라크 켄트가 샤워를 하는데 자신의 아파트가 무너지려 한다면 그는 이웃을 구하기 위해 쫄쫄이 슈트를 주섬주섬 챙겨 입을까? 브루스 웨인이 사업차 사우디아라비아에 출장을 가 왕세자의 응접실에서 만샤프를 빵에 찍어 먹던 중 2만 마일 떨어진 고담에서 조커가 1000명의 인질을 묶어놓고 시한폭탄을 설치했다고 전해 들었다면 그는 슈트를 입기 위해 웨인 저택에 먼저 들러야만 할까? 의문은 더 있다. 클립톤 행성 사람들은 어떻게 알파벳을 쓰고 있을까? 칼 엘은 가슴에 S 마크를 달고 있고, 조드 장군은 Z 마크를 달고 있지 않은가. 클립톤인들은 27광년이나 떨어진 지구인과 일찌감치 문자를 공유한 것인가? 그들의 복식에 관한 궁금증은 이 앤솔러지를 시작하기 이전부터 내 머릿속을 꽉 채우고 있었다.

　단편소설은 압축적이고 강렬해야 한다. 느낌을 소설적으로 표현하자면, 유유히 흐르는 강물에 들어가 천천히 몸을 적시는 것이 아니라 지붕에서 쏟아버리는 양동이의 물벼락을 철써덕 머리에 맞는 것 같은 느낌이 있어야 한다. 빌런에 관한 단편을 준비하면서 나는 '무엇에 관하여 써볼까?'를 고민하지 않았다. 나는 슈퍼히어로의 옷을 과감하게 빼앗은 한 여성의 당돌한 이야기를 쓰고자 했다. 삶이 무의미했던 경자 씨에게 강력한 슈퍼맨 슈트를 입혀주고 싶었다. 비록 경자 씨가 '꼰대' 남성 히어로의 속셈에 속아 넘어가 비참한 최후를 맞았지만 그것은 서사의 비극일 뿐 경자 씨의 비극은 아니다. 그녀는 우주를 보았기 때문이다. 나는 그것으로 족하다.

태초에 빌런이 있었으니

지은이   김동식 김선민 장아미 정명섭 차무진
펴낸이   한기호
기획   정명섭
책임편집   염경원
편집   도은숙, 정안나, 유태선, 김미향, 김민지
마케팅   윤수연
디자인   스튜디오 프랙탈
경영지원   국순근

펴낸곳   요다
출판등록   2017년 9월 5일 제2017-000238호
주소   04029 서울시 마포구 동교로 12안길 14 삼성빌딩 A동 2층
전화   02-336-5675   팩스   02-337-5347
이메일   kpm@kpm21.co.kr

ISBN   979-11-90749-09-1 03810

1판 1쇄 인쇄
2020년 11월 17일
1판 1쇄 발행
2020년 11월 25일